中华优秀传统文化是炎黄子孙共同的精神家园

拟古（九首选六） …………………………… 087
桃花源记并诗 ……………………………… 096
游斜川并序 ………………………………… 103
咏荆轲 ……………………………………… 107
读《山海经》（十三首选四） ……………… 111
答庞参军并序 ……………………………… 117
有会而作并序 ……………………………… 121
乞食 ………………………………………… 124
挽歌诗（三首选一） ………………………… 126
闲情赋并序 ………………………………… 128
归去来兮辞并序 …………………………… 137
五柳先生传 ………………………………… 144
感士不遇赋并序 …………………………… 147
与子俨等疏 ………………………………… 157
自祭文 ……………………………………… 164

目 录

前言	001
庚子岁五月中从都还阻风于规林(二首)	001
和郭主簿(二首选一)	005
癸卯岁始春怀古田舍(二首选一)	008
停云并序	011
时运并序	015
始作镇军参军经曲阿作	019
归园田居五首	022
饮酒并序(二十首选八)	030
归鸟	044
戊申岁六月中遇火	047
庚戌岁九月中于西田获早稻	050
移居二首	053
还旧居	056
形影神三首并序	059
和刘柴桑	066
杂诗(八首选三)	069
丙辰岁八月中于下潠田舍获	074
赠羊长史并序	077
怨诗楚调示庞主簿邓治中	081
咏贫士(七首选二)	084

图书在版编目（CIP）数据

陶渊明诗文选译 / 谢先俊，王勋敏译注. -- 南京：凤凰出版社，2017.1（2018.4重印）
（古代文史名著选译丛书：珍藏版 / 章培恒，安平秋，马樟根主编）
ISBN 978-7-5506-2473-3

Ⅰ.①陶… Ⅱ.①谢…②王… Ⅲ.①古典诗歌－诗集－中国－东晋时代②古典散文－散文集－中国－东晋时代 Ⅳ.①I213.722

中国版本图书馆CIP数据核字(2016)第257402号

书　　　名	陶渊明诗文选译
主　　编	章培恒　安平秋　马樟根
译 注 者	谢先俊　王勋敏
责 任 编 辑	郭馨馨
装 帧 设 计	姜　嵩
出 版 发 行	凤凰出版社(原江苏古籍出版社) 发行部电话025-83223462
出版社地址	南京市中央路165号,邮编:210009
出版社网址	http://www.fhcbs.com
照　　　排	江苏凤凰制版有限公司
印　　　刷	苏州市越洋印刷有限公司 苏州市吴中区南官渡路20号　邮编:215104
开　　　本	850×1168毫米　1/32
印　　　张	5.75
字　　　数	119千字
版　　　次	2017年1月第1版　2018年4月第2次印刷
标 准 书 号	ISBN 978-7-5506-2473-3
定　　　价	31.00元
	(本书凡印装错误可向承印厂调换,电话:0512-68180638)

陶渊明诗文选译

（珍藏版）

古代文史名著选译丛书

主编 章培恒 安平秋 马樟根

谢先俊 王勋敏 译注
平慧善 审阅

凤凰出版社

地,建立田庄经济,而把沉重徭役和赋税都压在劳动人民身上,人民的生活极端困苦。统治阶级的残酷剥削激化了与人民的矛盾,终于在公元399年爆发了孙恩领导的农民起义,这场起义一直持续了十二年。

陶渊明生活的年代,民族矛盾、阶级矛盾空前尖锐,政治极为黑暗、腐朽。

陶渊明出生在一个衰落的官僚家庭,曾祖父陶侃是东晋的开国元勋,官至大司马。祖父陶茂和父亲陶逸都做过太守一类的官。外祖父孟嘉是东晋名士。陶渊明的祖父、父亲并不是承袭陶侃爵位的嫡嗣;陶渊明七八岁时,其父便已去世,因此,他从少年时代起,就生活在贫困之中。由于家庭环境的影响,陶渊明很小就喜爱读书,对儒家的经典有特别浓厚的兴趣。他读书的范围,除了儒家的经典,再就是两晋时代盛行的《老子》、《庄子》,还有大量的先秦至汉魏的史学、文学著作,广泛地接触了古代文化遗产。

陶渊明年青时,颇具"大济苍生"(《感士不遇赋》)的宏伟抱负,希望有一番作为。从晋孝武帝太元十八年(393)至晋安帝义熙元年(405),在这十三年中,陶渊明曾先后担任过祭酒、参军、县令等官职。他性格正直耿介,与官场的腐朽风气格格不入,几次都是辞官而去。最后一次从彭泽令任上辞职,结束了他的仕途生活。从这时起,他精神上感到极大的解脱,真正走上了"躬耕"的道路。

归田之初,陶渊明和家人都参与了耕作,还有一个僮仆帮忙,温饱也不成问题,心情是愉快的。义熙四年(408)六月,他家被一场大火焚毁一空,一家人只好寄居船上。义熙六年(410),他把家迁往南村,理由是这里有一些好邻居。与他来往的人中,有农民,也有一些隐居浔阳的文人

前　言

一

四五世纪之间,中国文坛上出现了一位伟大的文学家陶渊明。

陶渊明,又名潜,字元亮。浔阳柴桑(今江西九江西南)人。生于晋哀帝兴宁三年(365),卒于宋文帝元嘉四年(427),享年63岁。他生活在晋、宋易代之际,而大部分时间是在东晋王朝中度过的。

自西晋于公元316年(建兴四年)灭亡,司马氏在江南建立东晋政权,我国又进入了南北长期分裂的时代。北方各族上层统治者在中原一带割据混战,并经常对南方发动骚扰进攻。南北之间,时有战争发生,历史上有名的秦晋淝水之战就是爆发在公元383年。

东晋王朝是一个靠政治上推行门阀制度,在经济上对广大劳动人民实行残酷剥削来支撑的偏安政权,政府实权完全被世族大地主操纵。他们强化门阀政治,严格士庶之别,把"举贤不出世族,用法不及权贵"作为对内的基本国策。然而在上层统治阶级世族之间、世族与皇族之间争权夺利的斗争十分剧烈,这种斗争在东晋政权存在的一百零四年中从未间断,酿成多次内乱,人民流离失所。

士族大地主利用经济上的特权,采取各种手段掠夺土和参军、主簿、县令之类的小官。

陶渊明在南村继续过着"躬耕自资"的生活,但家境大不如前,常常是终年辛劳,难以糊口。在出仕和归隐的问题上陶渊明曾产生过一些思想斗争,由于他对现实腐败的政治有了比较清醒的认识,毅然坚持不与统治者同流合污的态度,义熙末年,他又一次拒绝了朝廷聘他为著作郎的征召。

晋恭帝元熙二年(420)六月,刘裕夺取了东晋政权,建立刘宋王朝。对政治上这个重大变化,陶渊明在作品中往往流露出感慨和激愤之情。

陶渊明的晚年,生活愈来愈贫困,他的一些朋友有时也主动周济他,如颜延年经过浔阳,临别前给陶渊明留下两万钱。有时陶渊明也不免上门乞借。宋文帝元嘉三年(426),江州刺史檀道济亲自到他家看望,陶渊明饿了几天,这时连起床都很困难。檀说:"贤者处世,天下无道则隐,有道则至。今子生文明之世,奈何自苦如此?"陶回答:"潜也何敢望贤,志不及也。"(见萧统《陶渊明传》)檀赠以粱肉,陶渊明挥而拒之,表现了他的铮铮骨气。陶渊明贫病交加,身体愈来愈衰老,宋元嘉四年十一月与世长辞。

亲友们用俭朴的仪式安葬了他,认为他具有"宽乐令终之美,好廉克己之操"(颜延之《陶征士诔序》),为他立谥号"靖节征士"。

二

现存陶渊明的作品,诗124首,其中四言诗9首,五言诗115首;文11篇,其中辞赋3篇,记传赞述疏祭8篇。另有与愔之、循之《联句》一首存疑。

陶渊明作品的主要内容反映在如下几个方面。

(一) 对黑暗腐败封建政治的揭露和批判

陶渊明早年抱有建功立业的愿望,但最终走的是不与当权者合作,洁身自好的道路,这种行为的本身,就是对当时政治的一种否定。他在作品中,也对当时的黑暗、腐败政治作了一定程度的揭露和批判。

晋、宋讲究血统,门阀等级森严,刑罚因贵贱而异施,嫁娶只能门当户对,"上品无寒门,下品无势族"(《晋书·刘毅传》),士庶之分壁垒森严,造成极为腐朽、庸俗的社会风气。官场"交通请托,贿赂公行"(《资治通鉴》卷一〇七),趋炎附势,尔虞我诈,比比皆是,触目惊心。为了向上爬,可以不择手段,"或假财色以交权豪;或因时运以佻荣位;或以婚姻而连贵戚;或弄毁誉以合威柄"(葛洪《抱朴子·疾谬》)。陶渊明的思想与这些格格不入,在他的作品中对这腐朽的世风进行抨击,《感士不遇赋》最能代表他的这种批判精神。他揭露当时的社会虚伪之风盛行,道德败坏,持不同意见的遭到诽谤,善良正直的人遭受诬蔑,廉洁退让的节操丧失以尽,是非颠倒,奸贤莫辨。随着社会政治经验的丰富,陶渊明进而认识到,造成上述现象的原因是顺我者昌、逆我者亡的封建专制制度,所谓"密网裁而鱼骇,宏罗制而鸟惊"。他在这篇赋中,历举志士仁人的不公平待遇,把批判的矛头直接指向了长期以来的封建专制制度。在有些诗篇中,他批评人们判断是非都是捕风捉影,或毁或誉都是人云亦云;他感慨人与人之间只有利害关系,相交困难;他把当时的官场视作"泥潭",他把争名于朝、争利于市的势利之徒斥之为"狂驰子"。

陶渊明的另一部分作品是以歌颂美好事物的形式来曲折地表现对当时政治的否定。例如他所描绘的桃花源的理想社会,与他当时所处的社会形成鲜明的对比。他晚年的一些"金刚怒目"式的作品(如《咏荆轲》、《读山海经》等篇),则表现了他对当时腐败政治激烈的批判精神和强烈的反抗意识。

(二) 对农村田园生活的描写

由于陶渊明是厌恶上层社会的虚伪和相互倾轧而归隐的,因此他笔下的农村田园风光往往是宁静、淳朴而美好的。我们从《时运》、《和郭主簿》、《移居》(一)、《读山海经》(一)等诗中可以看出,陶渊明远离尘嚣,无论是春游、登高、饮酒、读书,还是与家人欢聚、与朋友谈心,心情是愉快的。他认为人生的第一要事是吃饭穿衣,"人生归有道,衣食固其端"(《庚戌岁九月中于西田获早稻》);获得衣食主要靠劳动,《劝农》诗集中反映了他重视农业生产劳动的可贵思想。他不食"嗟来之食",立志靠劳动来养活自己,其《自祭文》概括地叙述了他辛勤劳动的大半生。有些诗篇,如《归园田居》(三)、《庚戌岁九月中于西田获早稻》等,具体描写了他参加劳动的情景和艰辛。还有一些诗篇如《归园田居》(二)(五)、《饮酒》(九)等,反映了陶渊明通过参加农业劳动,同农民建立了感情,交往融洽,有了一些共同语言,耕耘稼穑,收获年成常常是他们谈话的主要内容。"躬耕"成了陶渊明主要的生活来源,他比任何时候都关心庄稼收成的好坏。陶渊明的"躬耕"并不能保障起码的温饱,所以他的不少诗篇,如《杂诗》(八)、《怨诗楚调示庞主簿邓治中》、《有会而作》等,又都如实地诉说了生活十分贫困的艰难处境和劳而无食的愤懑。当时军阀混战不已,江州又是屡次"鏖战"的战场,农业遭到极大的破坏,陶渊明很关切处于战乱中,又深受徭役和赋税剥削,生活极为痛苦的广大人民,他的《归园田居》(四)、《和刘柴桑》、《还旧居》等诗篇,不同程度地反映了农村凋敝、凄凉的情景。陶渊明苦苦思考着广大人民的出路,终于,桃花源这个美好的社会雏型在他的笔下诞生了。它体现了陶渊明的理想,也凝聚着他对农村、对农民的深切了解。

(三) 对人生哲理的探索

从总体上看,魏晋南北朝时期是中国文学艺术的"自觉"时代,也是中国古代哲学思想十分活跃的时期。那时的许多知识分子,常常用文学的形式来表现对人生哲理的深入探索,陶渊明也是如此。他在文学作品中对人生哲理的种种思考,反映了他对人生道路选择的历史轨迹。

人的价值在哪里,人的一生究竟怎样度过?这是陶渊明作品中经常思考的主题。从他中年或晚年回顾年轻时情景的诗篇看,他少壮时算是一位热血青年,支配他生活的最根本的信念,是"达则兼济天下,穷则独善其身",只不过仕也罢,隐也罢,都以保持个性自由和独立为前提,即所谓"或击壤以自欢,或大济于苍生,靡潜跃之非分,常傲物以称情"(《感士不遇赋》)。他的整个生活道路便是沿着这条轨迹而行,他认为人的价值也就在这里。如何求得"达",陶渊明认为应该用光明磊落的行为和通过正常的途径,"原百行之攸贵,莫为善之可娱。奉上天之成命,师圣人之遗书,发忠孝于君亲,生信义于乡闾,推诚心而获显,不矫然而祈誉"(《感士不遇赋》)。当门阀政治的腐朽士风逼迫他"摧眉折腰",个性受到压抑的时候,他便宁肯辞官也不低头。

陶渊明的作品中,还不乏对生与死的思考。光阴无情流逝,自己无所成就,渐就衰老,他常常感到悲愁;对比大自然宇宙的无穷和人生的短暂,他固然也有忧伤,但不像魏晋许多诗人那样凄楚悲观。他对死的态度,往往是相当旷达,认为宇宙的变化是个人的力量无法阻挡的,大自然自身运动的必然结果是事物的新陈代谢,"大钧无私力,万物自森著"(《形影神·神释》),作为一种有生命的自然物的人,必然会有死的时候,"既来孰不去,人理固有终"(《五月作和戴主簿》)。他比喻人世间犹如旅舍,"家为逆旅舍,我如当去客"(《杂诗》七),人生在世,如同在旅舍歇息几日的过客,人的最后归宿,只不过将尸骨托之山陵,与山陵大地混同一体罢了。因此,他否定道教服食仙丹,追求肉体不灭的主张,对佛教宣扬的因果报应,精神可以脱离肉体长存的一套,也进行了旗帜鲜明的批判。他否定鬼神,甚至对所谓超越客观世界的、主宰人类善恶公道的上天意志表示怀疑,"天道幽且远,鬼神茫昧然"(《怨诗楚调示庞主簿邓治中》);更反对人们为了死后或来世幸福,向佛寺和"鬼神"捐舍钱财的风气和做法,"留子不留金,何用身后置"(《杂诗》六)。

三

萧统评价陶渊明作品的艺术特色"词采精拔""独品众类"(《陶渊明集序》),我们可以具体概括为如下几个方面。

(一)"率真"、"任情"的美学追求

"风格即人"这条艺术的规律,在陶渊明身上得到证明。从其作品看他对自己形象的塑造,率真、任情,不掩饰、不做作,不为世俗左右,我行我素,倒像一位"追求个性解放"的先驱。萧统称许陶渊明人品"脱颖不群,任真自得"(《陶渊明传》)。他用自己选择的这种行为方式对待写

作,便形成"率真"、"任情"的美学追求。

"渊明作诗不多"(苏轼《与苏辙书》),文更少,但他要求自己的每一篇作品都能"颇示己志"(《五柳先生传》),表现自己的真情实感。他"为情而文",而不是"为文而情",他的作品都是在不得不形诸笔墨时才写出来,率性而发,毫无掩饰,从"胸中自然流出"(朱熹《朱子语类》)。因此,他对生活的种种体验,对人生真谛的种种思索,喜怒哀乐,都融会在作品中,人们可以透过其作品看到他高尚的"人格"。"陶潜正因为并非浑身'静穆',所以他伟大"(鲁迅《题未定草·七》)。"他是一位极热烈、极有豪气的人","是一位缠绵悱恻最多情的人","是一位极严正——道德责任心极重的人"(梁启超《陶渊明之艺术及其风格》)。

(二) 平淡质朴的语言风格

陶渊明长期生活在农村,多以对农村生活的感受作为自己的题材,又遵循"率真"、"任情"的美学原则,因此,形成他的作品在语言风格上质朴平淡,没有当时一般作家的雕琢气息。

陶渊明与跟他几乎同时的谢灵运,在创作上都以描绘自然景物著称,人们常常并称"陶谢"。但两相比较,谢诗刻画景物,有时过于雕琢堆砌,而陶诗铺排语很少,用典故很少,色彩浓艳的词汇则几乎看不到。他经常使用的语言,是当时的口语,或简短质朴的"田家语",使人读来毫不吃力。例如《移居》、《责子》等诗,除了个别句子须略加解释,一般很容易读懂。散文如《桃花源记》、《五柳先生传》等,语言都平易浅近,毫无斧凿痕迹。他的许多名句,如"相见无杂言,但道桑麻长"(《归园田居》二)、"晨兴理荒秽,带月荷锄归"(《归园田居》三)、"朝霞开宿雾,众鸟相与飞"(《咏贫士》一)等等,都明白如话。即便是那些哲理性很强的诗句,如"落地为兄弟,何必骨肉亲"、"及时当勉励,岁月不待人"(《杂诗》一)、"问君何能尔,心远地自偏"(《饮酒》五)等,也都这样。

陶渊明作品的语言质朴平淡,绝不是淡而无味,诚如苏轼所评价"质而实绮,癯而实腴"(《与苏辙书》),平淡之中有无限的风采,质朴之中有深厚的情味。这种"不烦绳削而自合"(黄庭坚《题意可诗后》)的艺术境界,正说明了语言艺术的炉火纯青。

陶渊明的作品,无论是诗,还是文,无论是抒发情怀,还是描摹景物、刻画人物,他一般都采用白描的手法,轻加点染,力避浓笔涂抹。因此,形象鲜明突出,色彩淡雅清新。如《归园田居》(一)(三)、《饮酒》(五)、《读山海经》(一)、《桃花源诗并记》、《五柳先生传》、《与子俨等疏》等脍炙人口的名篇,都体现了这一特色。

(三) 情景交融的艺术境界

陶渊明是位对人生真谛有着执着追求的文学艺术大师,他对事物都持有自己独特的看法,我们姑且把这种看法叫做"理",而他把这种"理"贯注于自己的感情之中,因此,陶渊明主体方面内在的"情"包含着两个层次,即"情"与"理",他的"情"受着"理"的制约和规范,那么,这种"情"还不仅仅是一般喜怒哀乐的情绪,而是具有深刻的内容,涵蕴着诗人对人类社会发展规律的摸索和一定程度上的认识。文学作品不是说理文章,陶渊明的"情"是通过形象化的方式表现出来的,他笔下的客观环境,其中包括人、事和物,都融入了强烈的主观感受和情思,而不是客观的物象描绘,因此,他的作品情景交融,达到物我同一的浑化境界,具有很高的审美价值。比如《归园田居》(一)这首诗,开头叙述自己崇尚自然的情怀,接着描绘田园村舍的风光,结尾抒发重返自然的喜悦,全篇浑然天成,意境深远。陶渊明追求个性独立,不同流俗,把自己混迹于官场的十三年看作"误落尘网",而将归宿寄托于远离尘嚣的田园。现在他自觉地从官场退避归来,有着脱出樊笼获得自由的典型感受,心情十分愉悦。与混浊的官场相比,这里的一切是多么的宁静、美好,因此,他笔下的那十几亩田地、八九间草庐、屋前屋后的桃李和榆柳,还有深巷中的狗吠、桑树颠的鸡鸣,以及那远处隐隐的村落,近处农舍上袅袅的炊烟,无不充满生机,趣味盎然。这里出现的远景、近景、动景、静景,无不闪耀着诗人情感的色泽,组成"人化的自然"画面。

陶渊明的作品中,曾出现过麦苗、月亮、春燕、归鸟、青松、秋菊、孤云、庭院、乡间道路等许多景物,它们都饱含着诗人的感情,体现着诗人的性格。

四

我国历史上的魏、晋时代,思想界和知识分子中流行一种清谈玄理的风气,东晋又是"谈玄"风炽盛的时期,这种风气虽然对哲学思辨有所促进,但对当时的文学创作,确实带来危害和不良影响。就拿诗歌创作来说,"因谈余气,流成文体"(刘勰《文心雕龙·时序》),玄言诗充斥诗坛。这种玄言诗,"理过于辞,淡乎寡味","皆平典似《道德论》"(钟嵘《诗品》)。诗歌的形象性、生动性没有了,成了老庄哲学的乏味说教。另一方面,当时诗坛还存在"俪采百句之偶,争价一句之奇"(《文心雕龙·明诗》)的过分追求辞藻华美的形式主义倾向,"建安"时期的优秀创作传统,这时已被抛弃干净。在这文学处于危机的年代,陶渊明以其独特的风貌进入了文坛,他关心现实,并在一定程度上反映现实,特别是把田园山水和田园生活引入诗篇,形成真率朴素的艺术风格,有力地冲击了当时沉闷和空虚的文坛,创造性地开辟了田园诗这块园地,他不愧为"古今隐逸诗人之宗"(钟嵘《诗品》)。

诚如鲁迅先生所言,在中国文学史上,陶渊明与李白一样,都是头等人物(语见刘大杰《鲁迅谈古典文学》,《文艺报》1956年第19期)。他的辞赋、散文和诗均有极高的造诣,其中又以五言诗的成就最为突出,"五言古以陶靖节为极诣,但后人轻易摹仿不得"(李重华《贞一斋诗说》),代表着五言古体诗的高峰。

陶渊明对后世的影响是巨大的,他那光明峻伟的胸襟,刚正不阿的人格,真率的生活态度,热爱劳动和田园生活的情操,以及执着探索人生真谛,不断追求美好理想的精神,成为历代无数具有进步思想的作家、知识分子的榜样,产生了巨大精神力量。他的许多作品,堪称我国古代文化艺术宝库的珍品,成为人们丰富、发展文艺创作,学习和借鉴的源泉,历代有成就的诗人无不在陶渊明的作品中汲取营养。仅拿唐代来说,"陶诗胸次浩然,其中有一段渊深朴茂不可到处。唐人祖述者:王右丞(维)有其清腴,孟山人(浩然)有其闲远,储太祝(光羲)有其朴实,韦左司(应物)有其冲和,柳仪曹(宗元)有其峻洁,皆学焉而得其性之所近"(沈德潜《说诗晬语》)。可见其影响的广泛而深远。在他开创的田园诗的影响下,经过历代诗人的努力,终于形成了我国古典诗歌领域中蔚为壮观的田园山水诗派。他创立的朴素自然的艺术风格,也常常被历代诗人当作与形式主义文学倾向进行斗争的武器,如金代的著名作家元好问便是如此。

由于陶渊明的艺术追求和作品的思想内容都与当时文坛风气背道而驰,出身又寒微,因此他在当时没有受到重视,这种现象甚至持续了相当一段时间。颜延之写的《陶征士诔》,高度评价了他的人品,对其作品只说了一句"文取指达"。钟嵘的《诗品》提高了他的地位,也还只列为"中品"。梁代萧统对他的作品评价很高,但所编《文选》收入陶的诗文却有限,数量远不及谢灵运。随着人们审美情趣的发展、进步,陶渊明作品中丰富、深刻的蕴涵逐渐被认识。到了唐代,他的地位得到普遍承认,李白、杜甫、白居易等伟大诗人无不推崇其作品。宋代以后,文坛对他的评价更是愈来愈高。

我们也要指出,陶渊明生活在封建时代,其作品中表现出的那种怀念上古,乐天安命,委任自然等思想,给后世带来一定的消极影响。与我们所需要的社会主义精神文明是不相合的。

这本小书,收入陶渊明诗56首,文赋6篇。选目以能反映他的思想,又能反映艺术风格,影响较为广泛的作品为标准。以写作的时间先后顺序排列。在注释过程中,我们参考了一些有关书籍资料,书中没有一一注明,谨在此一并致谢。注译的全过程得到湖北大学古籍研究所所长朱祖延教授的关注和指导。由于我们学识有限,谬误之处在所难免,恳请专家和读者批评指正。

谢先俊(湖北大学)

王勋敏(湖北大学)

庚子岁五月中从都还阻风于规林(二首)

庚子岁是晋安帝隆安四年(400),陶渊明三十六岁,这时他在荆州刺史桓玄(镇江陵,今湖北江陵)的幕府中任职。这两首诗是他奉命出使京都(建康,今江苏南京),返途中路过江西,准备顺道省亲而被风所阻时写的。规林,今地不详,据诗当在彭蠡湖(今鄱阳湖)距浔阳(今江西九江)不远处。诗中写不能及时到家的苦恼和路途的艰险,并以征途喻仕途,表露了作者对仕宦生活的厌倦和对田园生活的向往。

其 一①

行行循归路②,计日望旧居③。
一欣侍温颜④,再喜见友于⑤。
鼓棹路崎曲⑥,指景限西隅⑦。
江山岂不险,归子念前涂⑧。
凯风负我心⑨,戢枻守穷湖⑩。
高莽眇无界⑪,夏木独森疏⑫;
谁言客舟远⑬? 近瞻百里余⑭。

延目识南岭⑮,空叹将焉如⑯!

【注释】

① 此诗写作者盼望到家的急切心情和中途被风波所阻而产生的怅惘。② 行行:行不止貌。循:沿着,顺着。③ 旧居:指老家。④ 侍温颜:《礼记·曲礼》载"凡为人子之礼,冬温而夏清(qìng)",意思是说做儿子的应该冬天使父母温暖,夏天使父母清凉,因此侍温颜谓侍亲。时渊明父亲已死,这里指侍奉母亲孟氏。⑤ 友于:代指兄弟。语出《尚书·君陈》。陶渊明无亲兄弟,这里指叔伯兄弟敬远、仲德。参见陶集《癸卯岁十二月中作与从弟敬远》《祭从弟敬远》《悲从弟仲德》。⑥ 鼓棹(zhào):划船。⑦ "指景"句:看太阳已悬在西边天际。指:顾。景:这里指太阳。限:停止。隅:边。⑧ 归子:回家的人,此作者自指。前涂:前路,回家的路。涂,同"途"。⑨ 凯风:南风,这里指逆风。⑩ 戢枻(jí yì):收起船桨。戢:收藏。枻:短桨。穷湖:指彭蠡湖。⑪ 高莽:高深茂密的草丛。眇(miǎo):辽远。⑫ 森疏:状林木茂盛,枝叶四布。⑬ 客舟:载客的船,这里指归舟。客,作者自指。⑭ 瞻:望。⑮ 延目:放眼,远望。南岭:这里指庐山。渊明的家在庐山脚下。⑯ 将:当。焉如:何至。

【翻译】

> 沿着归路日夜兼程,
> 掐算时日盼望早到家园。
> 一喜可以侍候慈母,

二喜能与兄弟见面。

船儿在艰难曲折的水道划行,

紧赶慢赶日已西悬。

江山夜行岂不艰险,

阻挡不住我归心似箭。

南风骤起违我心愿,

收起船桨困守荒湖岸边。

草丛深密一望无际,

夏天的林木叶茂枝繁;

谁说归舟离家很远?

审视此地离家不过百里多点。

远望庐山已经依稀可辨,

近不可及空自嗟叹抱怨!

其 二①

自古叹行役②,我今始知之。

山川一何旷③,巽坎难与期④。

崩浪聒天响⑤,长风无息时。

久游恋所生⑥,如何淹在兹⑦?

静念园林好,人间良可辞⑧。

当年讵有几⑨,纵心复何疑⑩!

【注释】

① 此诗着重写行役之苦和对故乡的怀念。② 行役:在外奔波,此侧重指出官差。③ 一何:多么。旷:空旷,辽

阔。④ 巽(xùn)坎:《周易》中的两个卦名,巽代表风,坎代表水。这里借指风波。期:预料。⑤ 聒(guō):喧嚷。⑥ "久游"句:游指宦游。久,固然指时间久,时间短也可以说久,表达了作者对仕途的厌倦。所生:指亲生父母。这里指母孟氏。参见前诗"侍温颜"注。⑦ 淹:淹留,停滞。兹:指规林。⑧ 人间:这里指世俗官场。良:实在。⑨ 当年:壮年。讵(jù):曾,才。⑩ 纵心:任情,不受拘束。

【翻译】

自古多叹出门艰难,
如今亲历方知此理。
千山万水多么辽阔,
风波难料逆风骤起。
浪如山崩震天轰响,
狂风劲吹经久不息。
久游已倦思母心切,
怎耐遇阻滞留此地?
默想终是田园美好,
仕途实该趁早远避。
人生壮年能有多久,
随心任情不再迟疑!

和郭主簿①（二首选一）

晋安帝隆安五年(401)冬，陶渊明从江陵桓玄幕府任中回家服母丧，在家里住了两年多。他回家的第二年(402)夏秋，写了《和郭主簿》诗二首，时年三十八岁。这里选了其中第一首，是写他居家期间适意的田园生活。诗中流露了诗人知足常乐，不慕功名富贵的思想。

蔼蔼堂前林②，中夏贮清阴③。 凯风因时来④，回飙开我襟⑤。 息交游闲业⑥，卧起弄书琴。 园蔬有余滋⑦，旧谷犹储今。 营己良有极⑧，过足非所钦⑨。 春秫作美酒⑩，酒熟吾自斟。 弱子戏我侧⑪，学语未成音⑫。 此事真复乐⑬，聊用忘华簪⑭。 遥遥望白云，怀古一何深⑮！

【注释】

① 和(hè)：应和，为应答别人的诗词而作。主簿：官名，负责文书簿籍一类的事。郭主簿：名字生平不详。② 蔼蔼：茂盛貌。③ 中夏：指农历五月。④ 凯风：南风。⑤ 回飙(biāo)：回旋的风。⑥ 闲业：指六艺，即读书弹琴

等。这里与它相对的正业指做官出仕。⑦ 余滋：余味无穷。滋：滋味。⑧ 营己：指自己谋生的物质需求。良：很。极：极限。⑨ 过足：超过维持基本生活的奢求。钦：羡慕。⑩ 秫（shú）：粘稻，可供酿酒。⑪ 弱子：幼小的儿子。⑫ 未成音：语音不完整，吐字不清。⑬ 真：淳真，天真。⑭ 聊：暂且。华簪（zān）：华贵的发簪，借指荣华富贵。⑮ "遥遥"二句：《庄子·天地》说，古时候的圣人，遇到好世道，就积极进取以求发展；时间久长，厌倦人世，便乘白云而登仙境，避开一切祸患。诗人用这个典故，表示自己欲仿效古时圣人，不愿做官。一何：多么。

【翻译】

葱茏茂密的堂前林木，
仲夏的季节贮满清阴。
应节的南风阵阵吹来，
回风掀开了我的衣襟。
停止官场交往而沉浸于六艺，
终日里不是读书便是弹琴。
园里的蔬菜有无穷的滋味，
隔年的陈谷一直储存到如今。
自己营生的需要原很有限，
过多的积蓄违背初心。
舂米捣谷我自酿美酒，
美酒酿成我自斟自饮。
幼子在身边往来游戏，
牙牙学语还发不出完整的声音。

这样的生活多么淳真有趣,
可以把荣华富贵忘得一干二净。
抬头向着白云遥望,
怀念古人的高尚行迹我无限深情!

癸卯岁始春怀古田舍(二首选一)

"癸卯岁"是晋安帝元兴二年(403),陶渊明时年三十九岁。此诗共二首,这里选的是第二首。诗中缅怀古人的言论行迹,表达了忧世之情。陶渊明从这个时期开始,参加了一些农业劳动,亲身体验到躬耕的乐趣,表示在当世既不能像孔子那样立身行道,不如学长沮、桀溺洁身守节,隐居力耕。

先师有遗训:"忧道不忧贫①"。
瞻望邈难逮②,转欲志长勤③。
秉耒欢时务④,解颜劝农人⑤。
平畴交远风⑥,良苗亦怀新⑦。
虽未量岁功⑧,即事多所欣⑨。
耕种有时息,行者无问津⑩。
日入相与归⑪,壶浆劳近邻⑫。
长吟掩柴门,聊为陇亩民⑬。

【注释】

①"先师"二句:先师,尊称孔子。孔子曾说"君子忧

道不忧贫",意思是君子担忧不能行道,而不是为贫困发愁。见《论语·卫灵公》。②"瞻望"句:意思是说自己想遵从孔子的教诲去做,但力不从心,难以办到。暗指世道浑浊,大道难行。邈:远。逮:企及。③长勤:指长期从事农业劳动。④秉:手持。耒(lěi):古代一种耕地的农具,这里泛指农具。时务:按时应节做的事情,指农事。⑤解颜:开颜,面带笑容。⑥畴:田野。⑦怀新:指萌发生长。怀:孕育。⑧岁功:一年的收成。⑨即事:指眼前的情景。⑩"行者"句:《论语·微子》载,孔子与他的学生们同行,向正在耕作的隐者长沮、桀溺问津。津为渡口。问津,指询问渡口,后来泛指问路;陶渊明在作品中常指探求治世的途径。这句以长沮、桀溺自比,慨叹没有像孔子那样奔走问津有治世之志的人了。⑪相与:结伴。⑫壶浆:壶酒。劳:慰劳。⑬陇亩民:田野之人,即农夫。

【翻译】

先师孔子留遗训:
"君子忧道不忧贫"。
仰慕高风不可及,
立志长期事农耕。
手持犁耙去干活,
笑语殷勤慰农民。
田野平旷来远风,
禾苗长势日日新。
一年收成虽未定,
眼前景象暖人心。

有时耕作有时歇,
未有行人来问津。
太阳落山结伴回,
提壶备酒邀近邻。
吟诗且把柴门掩,
愿为农夫终此生。

停 云并序

《停云》共分四章,前面冠以小序。作者自言是怀念亲友之作。写作时间与渊明集中的《时运》《荣木》两首诗同时,为晋安帝元兴三年(404),陶渊明时年四十岁。诗中所写的大都是在隐居生活中思与亲友同饮而不可得的怅惘心情。但透过"八表同昏"、"平路伊阻"、"平陆成江"这些诗句,也不难看出作者关怀世难的忡忡忧心。

《停云》,思亲友也。樽湛新醪①,园列初荣②,愿言不从③,叹息弥襟④。

霭霭停云⑤,濛濛时雨⑥。八表同昏⑦,平路伊阻⑧。静寄东轩⑨,春醪独抚⑩。良朋悠邈⑪,搔首延伫⑫。停云霭霭,时雨蒙蒙。八表同昏,平陆成江。有酒有酒,闲饮东窗。愿言怀人,舟车靡从⑬。

东园之树,枝条载荣⑭。竞用新好⑮,以怡余情⑯。人亦有言,日月于征⑰。安得促席⑱,说彼平生⑲。

翩翩飞鸟⑳,息我庭柯㉑。敛翩闲止㉒,好声相和㉓。岂无他人,念子实多㉔。愿言不获,抱恨如何!

【注释】

① 樽(zūn):酒杯。湛(zhàn):沉,澄清。醪(láo):浊酒,今称醪糟。② 初荣:新开的花。③ 愿:思念。言:语助词。不从:不顺心。④ 弥襟:满怀。⑤ 霭霭:云密集貌。停云:凝而不散的云。⑥ 濛濛:微雨貌。时雨:季节雨。⑦ 八表:八方。泛指天地之间。⑧ 伊:语助词。⑨ 寄:托身。东轩:东窗。⑩ 抚:持。⑪ 悠邈:遥远貌。⑫ 延伫:长时间地伫立等待。⑬ 靡:无。⑭ 载:始。荣:茂盛。⑮ 新好:新的美姿。⑯ 怡:娱乐。⑰ 于:语助词。征:行,这里指时光流逝。⑱ 促席:古人席地而坐,坐得很近叫促席。⑲ 平生:平时,这里指素志。⑳ 翩翩:鸟飞翔貌。㉑ 柯:树枝。㉒ 敛翩(hé):收敛翅膀。止:语助词。㉓ "好声"句:以鸟鸣求侣,比拟人的求友。㉔ 子:你,指好友。

【翻译】

《停云》这首诗,是为怀念亲友而作的。酒盅里斟满了新酿的酒,庭园中长满了新开的花,想起远方友朋而无由见面,实在令人郁悒满怀。

天上阴云密布,
细雨下个不停。
到处天昏地暗,

道路阻塞难行。
静坐东窗之下,
自斟春酒自饮。
等待远方好友,
搔断头发几茎。
天上阴云密布,
细雨下个不休。
到处天昏地暗,
江河泛滥横流。
好在家中有酒,
东窗闲饮消愁。
想去探亲访友,
无从寻觅车舟。
东园早春树木,
抽条布叶纷披。
争舒新绿一片,
使我心旷神怡。
平时常听人说,
时光一去难追。
怎得挨肩并坐,
与君畅叙情怀。
飞鸟轻盈矫捷,
落在庭前树梢。
栖止安闲自在,
嘤嘤鸣叫相招。
身边非无伴侣,

只为想你心焦。
相思无从见面,
令人遗恨难消。

时 运 并序

《时运》也分四章,与《停云》写于同一年(参见《停云》提示)。诗前小序明言咏暮春独游。诗人欣赏大好春光,无限欣悦;伤今思古,又寄托了对自己身世的感慨。这种"欣慨交心"的复杂情感,曲折地表达了他对淳朴社会和自由生活的向往。

《时运》,游暮春也①。春服既成②,景物斯和③,偶影独游,欣慨交心。

迈迈时运④,穆穆良朝⑤,袭我春服,薄言东郊⑥。山涤余霭⑦,宇暧微霄⑧,有风自南,翼彼新苗⑨。

洋洋平泽⑩,乃漱乃濯⑪;邈邈遐景⑫,载欣载瞩⑬。人亦有言,称心易足;挥兹一觞⑭,陶然自乐。

延目中流⑮,悠想清沂:童冠齐业,闲咏以归⑯。我爱其静,寤寐交挥⑰;但恨殊世⑱,邈不可追。

斯晨斯夕⑲,言息其庐。花药分列,林竹翳如⑳。清琴横床,浊酒半壶。黄唐莫逮㉑,慨独在余㉒。

【注释】

① 暮春:晚春,指农历三月。② "春服"句:春装已经穿定了。语出《论语·先进》,参见本诗"悠想"句注。成:定。③ 斯:连词,乃,则。④ 迈迈:运行貌。时运:四时运转。⑤ 穆穆:和煦貌。⑥ 薄:迫近。这里指来到。言:语助词。⑦ 霭:云气。⑧ 宇:天宇,天空。霄:雨后彩虹。⑨ 翼:这里状禾苗被吹拂貌。⑩ 洋洋:水盛貌。⑪ 乃:语助词。濯(zhuó):洗濯。⑫ 邈邈:远貌。遐:远。⑬ 载……载:且……且,表示两个动作同时进行。⑭ 挥:倾,干(杯)。觞(shāng):古代一种酒器。⑮ 延目:远望。⑯ "悠想"三句:《论语·先进》载,孔子的学生曾点对孔子言志:"暮春者,春服既成,冠者五六人,童子六七人,浴乎沂,风乎舞雩,咏而归。"作者用这个典故表达自己的志趣追求。悠想:遥想。沂:沂水,在今山东南部、江苏北部。童冠:即上述童子、冠者,指儿童和成年人。古时男子二十岁加冠表示成年。齐业:学完课业。⑰ "寤寐(wù mèi)"句:指日思夜想。寤是醒,寐是睡。⑱ 殊世:异代。⑲ 斯:语助词。⑳ 翳(yì)如:茂密貌。㉑ 黄唐:黄帝、唐尧,指上古时代。逮:到,及。㉒ 余:我。

【翻译】

《时运》一诗,是暮春纪游之作。身上穿着春装,在和煦的春光里,以影为伴,独自出游,内心交织着欢乐和感慨的复杂感情。

时运

四时不停地运行,
又送来春风和煦的良辰。
穿上我的春装,
到东郊野外去散心。
山上的云气荡涤如洗,
天空中隐约出现雨后的虹霓。
一阵南风吹过,
新生的禾苗如羽翼纷披。
平湖的水汪洋一片,
可以漱口,可以沐浴;
面对辽阔的自然景物,
我怀着喜悦的心情放眼远瞩。
平时常听人说,
只求称心的人遇事容易满足。
把手中的酒盏一挥而尽,
我自得其乐无拘无束。
放眼向中流远望,
缅怀着沂上的风光:
儿童和成年人一齐习完课业,
在回家的道路上悠闲地歌唱。
古人恬静的风度使人羡慕,
我日思夜梦,无限向往。
恨只恨古今人生不同时,
遥远的历史足迹我又哪能追上。
无论是清晨还是夜晚,
我都歇息在这所屋中。

花卉和药材分行种植,
树林和丛竹郁郁葱葱。
床上横着清琴一把,
壶中剩有浊酒几盅。
生不逢黄帝唐尧那样盛世,
我独自一人慨叹无穷。

始作镇军参军经曲阿作①

陶渊明四十岁时,即晋安帝元兴三年(404)作镇军将军、徐州刺史刘裕的参军,这首诗是他在赴任途中写的。诗中说"时来苟冥会,婉辔憩通衢",似乎这次出仕恰逢偶然机会,实际上是"被褐"、"屡空"的日子难以"欣自得"、"常晏如"。为生计所迫,不得不违背心愿出门远仕。还没到任,就盼归田,这样矛盾的心理状态,委婉地表现了诗人对动乱时世的畏惧,对当权者怀抱冷漠态度。

弱龄寄事外②,委怀在琴书③。 被褐欣自得④,屡空常晏如⑤。 时来苟冥会⑥,婉辔憩通衢⑦;投策命晨装,暂与园田疏。 眇眇孤舟逝⑧,绵绵归思纡⑨。 我行岂不遥,登降千里余⑩。 目倦川涂异⑪,心念山泽居。 望云惭高鸟,临水愧游鱼。 真想初在襟⑫,谁谓形迹拘⑬。 聊且凭化迁⑭,终返班生庐⑮。

【注释】

① 始作:初就职务。参军:官名,幕僚。曲阿:今江苏

丹阳。② 弱：幼。事：指世事，仕途。③ 委：寄托。④ 被：同"披"。褐：粗布衣，贱者之服。⑤ 晏如：安乐貌。⑥ 时：时机，时运。苟：居然。冥会：暗中巧合。⑦ 婉：揽。辔：马缰绳。憩（qì）：休息。通衢（qú）：四通八达的大道，比喻仕途。⑧ 眇眇：远貌。⑨ 绵绵：不绝貌。纡：曲折萦回。⑩ 登降：上山下山，指路途艰难。⑪ 涂：同"途"。⑫ 真想：真实淳朴的思想。初：原本。⑬ 形迹：指形体所为。⑭ 化迁：造化的自然推移。⑮ 班生庐：指仁者隐者居处。班生指东汉史学家、文学家班固，他在《幽通赋》中说"里上仁之所庐"，意谓要择仁者草庐居住。

【翻译】

年轻时置身于世事之外，
把情怀寄托在琴书之中。
身穿粗布衣衫却怡然自得，
哪管穷困贫乏，锅罄碗空。
一个偶然的时机来到，
我登车揽辔竟然踏上了仕途。
丢下书籍简策，我清晨整装上路，
暂时告别了朝夕相处的家园田庐。
乘坐一叶孤舟我悠然远逝，
可思归的念头仍不断在心头盘纡。
漫长的旅途何其辽阔，
跋山涉水不觉走了千里有余。
两眼看腻了异地的山川，
内心系念着故乡的山水旧居。

仰望云端,我羞见云间的飞鸟;
俯临流水,我愧对水里的游鱼。
爱好自然的真情从不曾离开怀抱,
谁料如今已为形迹所驱。
姑且任凭造化的摆布吧,
最后我还是要返回班生所说的那种仁者之里间。

归园田居五首

《归园田居》共五首,是陶渊明由彭泽令任上弃官归隐后的第二年,即晋安帝义熙二年(406)写的一组诗。这一年陶渊明四十二岁。这组诗历来被称为陶渊明田园诗的代表作。它生动地抒写了诗人归田后的生活和感受,表现了他对污浊的社会现实的不满和对淳朴、清静的田园生活的热爱。

其 一①

少无适俗韵②,性本爱丘山③。 误落尘网中④,一去十三年⑤。 羁鸟恋旧林,池鱼思故渊⑥。 开荒南野际,守拙归园田⑦。 方宅十余亩⑧,草屋八九间。 榆柳荫后檐,桃李罗堂前⑨。 暧暧远人村⑩,依依墟里烟⑪。 狗吠深巷中,鸡鸣桑树巅。 户庭无尘杂⑫,虚室有余闲⑬。 久在樊笼里⑭,复得返自然。

【注释】

① 这首诗写作者辞官归田的原因以及归田乡居的激

动、愉快的心情,表现了他不愿与世俗同流合污的高洁情趣。② 适俗:适应世俗。韵:气质、品性。③ 性:本性。④ 尘网:世俗的罗网,比喻仕途、官场。⑤ 十三年:原作"三十年",陶渊明从初入仕途到辞官归田,前后恰好十三年,故改。⑥ "羁(jī)鸟"二句:作者以羁鸟、池鱼自喻,表达官场生活对自己的束缚,以旧林、故渊,表达对田园生活的依恋。羁鸟:被关在笼子里的鸟。池鱼:被捕养在池中的鱼。渊:潭。⑦ 拙:愚直。守拙谓保持愚直的本性,指自己不会机巧逢迎。⑧ 方宅:住宅方圆四周。⑨ 罗:排列。⑩ 暧暧(ài):昏暗不明貌。⑪ 依依:轻柔貌。⑫ 尘杂:尘俗的杂事。⑬ 虚室:空寂的居室。这里用来比喻内心的明净、安适。⑭ 樊笼:樊是篱笆,笼是笼子,比喻不自由的境地。这里指仕途生活。

【翻译】

我从小没有迁就世俗的气质,
生性就酷爱山川自然。
谁知误落进仕途俗网,
一去便是一十三年。
笼中鸟留恋旧时的山林,
池中鱼思念昔日的水潭。
在南郊的田野边开荒躬耕,
恪守我愚直的本性重返园田。
住宅占地十余亩,
筑有草屋八九间。
葱郁的榆和柳遮蔽后檐,

成行的桃与李排列堂前。
黄昏中远处的山村依稀可见,
近处的农舍上正升起袅袅炊烟。
汪汪汪狗吠阵阵深巷里,
喔喔喔鸡啼声声桑树巅。
庭院中再没有世俗杂事,
内心里明净净无比安闲。
好似那鸟儿长系樊笼里,
终于冲出樊笼飞回大自然。

其 二①

野外罕人事②,穷巷寡轮鞅③。
白日掩荆扉④,虚室绝尘想⑤。
时复墟曲中⑥,披草共来往⑦。
相见无杂言⑧,但道桑麻长⑨。
桑麻日已长,我土日已广⑩。
常恐霜霰至⑪,零落同草莽⑫。

【注释】

① 这首诗写作者归田后的清静生活和感受。② 野外:郊野,指乡居。罕:少。人事:指世俗的交游往来。③ "穷巷"句:居处僻陋,车马稀少。当时能乘车马交游的是士大夫之流,意谓很少与官宦往来。穷:偏僻。轮鞅(yāng):代指车马。轮指车轮,鞅是马驾车时套在马颈上的皮带。④ 荆扉:柴门。⑤ 尘想:世俗的念头。⑥ 时

复:有时又。墟曲:犹"墟里",指僻乡。⑦披:拔开。⑧杂言:尘杂之言,尘俗的言谈。⑨但道:只说。⑩我土:这里指自己开荒种植的田地。⑪霰(xiàn):小雪珠,冰粒。⑫"零落"句:庄稼凋落如同野草。莽:野草丛。

【翻译】

乡居少与世俗交游,

偏僻里巷少有车马来往。

白天常把柴门关闭,

独处幽静的屋子里摒绝了俗事尘想。

僻巷中我们常来来去去,

拔开荒草和老农相互寻访。

见面不道尘俗语,

开口争相话麻桑。

桑麻天天往上长,

新垦耕地渐拓广。

常怕霜霰突至遭摧残,

干折叶落形同杂草一样。

其 三①

种豆南山下②,草盛豆苗稀。

晨兴理荒秽③,带月荷锄归④。

道狭草木长⑤,夕露沾我衣。

衣沾不足惜,但使愿无违⑥。

【注释】

① 这首诗写作者归田后的日常劳动生活,抒发他不与世俗同流合污,永远坚持自己理想、志趣的意愿。② 南山:指庐山。③ 兴:起。理:整治。秽:杂草。④ 荷(hè):扛。⑤ 草木长:草木丛生。⑥ 愿:这里指归耕的意愿。

【翻译】

南山脚下把豆种,
杂草多来豆苗少。
鸡鸣即起去锄草,
扛锄归来月儿高。
窄窄小道草木密,
晚露浸湿我衣袍。
湿了衣袍何足惜,
守拙归田志更牢。

其 四①

久去山泽游②,浪莽林野娱③。试携子侄辈④,披榛步荒墟⑤。徘徊丘陇间⑥,依依昔人居⑦。井灶有遗处,桑竹残朽株⑧。借问采薪者⑨:"此人皆焉如⑩?"薪者向我言:"死殁无复余⑪。""一世异朝市⑫",此语真不虚。人生似幻化⑬,终当归空无⑭。

【注释】

① 这首诗感叹人生荣枯的变化无常。② 去:离开。

游：游宦，出仕。③ 浪莽：尽情，放纵。④ 试：姑且。⑤ 榛(zhēn)：树丛。荒墟：荒废的村落。⑥ 丘陇：墓地。⑦ 依依：隐约可辨貌。⑧ 残朽株：指竹木残存的根和干。株：露出地面的树根。⑨ 采薪者：即下文"薪者"，樵夫，砍柴的人。薪：柴。⑩ 焉：何，哪里。如：往。⑪ 殁(mò)：死。⑫ "一世"句：经过三十年的变迁，朝市的面貌很不相同。这是当时一句成语，意谓社会变化很快。一世：古时以三十年为一世。朝市：朝廷和市集，都是公众聚集、世人瞩目的地方。⑬ 幻化：指人事变化无常。⑭ 空无：犹灭绝。

【翻译】

我久别山林湖泽奔走仕途，
归来后遨游林野纵情欢娱。
这一次带领我子侄一行，
劈荆棘漫步在荒村废墟。
我们在墓地间徘徊盘桓，
仿佛看见了当年人们在此生聚。
废井断灶历历在目，
处处残留着昔年桑竹的枯干朽株。
请问砍柴人：
"这里的人都迁往了哪里？"
樵夫对我说：
"这里的人早已死绝无孑遗①。"

---

① 无孑遗：没有幸存的人。孑遗：遭受兵灾等巨大变故后幸存下来的少数人。

"三十年朝市面貌大改变",
如今我更加信此语。
人的一生幻化无常,
到头来将终归毁灭无余。

其　　五①

怅恨独策还②,崎岖历榛曲③。

山涧清且浅,遇以濯吾足④。

漉我新熟酒⑤,只鸡招近局⑥。

日入室中暗,荆薪代明烛⑦。

欢来苦夕短⑧,已复至天旭⑨。

【注释】

① 这首诗写作者躬耕自给带来的乐趣以及与农家淳朴交往的欢愉之情。② 怅恨:惆怅和憾恨。策:拐杖,这里用作动词。③ 崎岖:地面高低不平。历:走过。曲:曲折隐蔽的地方。④ 濯(zhuó):洗。⑤ 漉(lù)酒:用布滤酒。⑥ 近局:近邻。⑦ 荆薪:柴草。⑧ 苦:恨。⑨ 已:已而,谓时间短暂。

【翻译】

我心怀惆怅独自拄杖归来,

走过那草木丛生的崎岖小径。

山涧的流水既清又浅,

遇上涧水把双脚洗个干净。
把自酿的新熟美酒滤就,
烹只肥鸡邀来近邻。
日落室暗兴犹未尽,
燃起柴薪代烛通宵畅饮。
欢愉只恨夜太短,
不知不觉到天明。

饮　酒 并序（二十首选八）

　　《饮酒》诗共二十首。诗前有序，这里选八首。作者在序中自言这组诗为醉后题咏，不是一次写成的。诗中回顾道："行行向不惑，淹留遂无成"（第十六首，见选诗七），不惑之年是四十岁，写时离四十岁不会太远。又第十九首有"是时向立年"、"亭亭复一纪"及"终死归田里"语，立年是三十岁，一纪十二年，三十加十二是四十二岁，正是陶渊明辞彭泽令归田后一年。所谓"终死归田里"表明了作者归田的决心。归田不久才会写田父劝他再仕（第九首，见选诗四）。组诗一方面表述他决心归隐，一方面又感叹壮志未酬，殊无建树和世道颓败，这种矛盾正符合这个时期诗人的思想逻辑。因此，这组诗当与《归田园居》写于同一年。王瑶定于义熙十三年（417）（见王瑶《陶渊明集》），可备一说。

　　作者以饮酒为题，写饮酒，意不在酒，写醉酒，未必真醉，他是借酒、借醉酒抒情咏志。组诗的内容是多方面的，主要是表达自己固穷守节、不与世俗沉浮和归耕田园的决心。我们透过他对大自然和闲适生活的赞美，不难窥见他绝非超然物外。诗中对社会的黑暗和官场的污浊,含蓄地进行了讽刺和抨击,这正道出了促使他归田的原因。

余闲居寡欢,兼比夜已长①,偶有名酒,无夕不饮,顾影独尽②。忽焉复醉③。既醉之后,辄题数句自娱④,纸墨遂多⑤。辞无诠次⑥,聊命故人书之,以为欢笑尔。

其 一⑦

衰荣无定在⑧,彼此更共之⑨。
邵生瓜田中⑩,宁似东陵时⑪!
寒暑有代谢⑫,人道每如兹⑬。
达人解其会⑭,逝将不复疑⑮。
忽与一觞酒⑯,日夕欢相持。

【注释】

① 兼:并且。比:近来。② 顾:看。③ 忽焉:很快地。④ 辄(zhé):就。⑤ 纸墨:指写的诗稿。⑥ 诠次:选择并排列顺序。⑦ 此诗原列第一首。作者通过历史人物的衰荣、自然界的寒暑交替,说明人生无常的道理,写出了他安贫乐道、自我解脱的心境。⑧ 衰荣:指人或事物的衰枯和兴旺。⑨ 更:更替。⑩ 邵生:秦末汉初人邵平。邵平在秦朝封东陵侯,秦灭,他成了贫穷的老百姓,在城东种瓜,处境截然不同。见《汉书·萧何传》。邵,《汉书》作召,字通。

⑪ 宁:岂。⑫ 代谢:更替。来者为代,去者为谢。⑬ 兹:此,指事物的兴衰代谢。⑭ 达人:达观的人,作者自谓。会:道理,旨趣。⑮ 逝:发语词。⑯ 忽:疾速。觞(shāng):古代酒器。

【翻译】

　　我闲住很少欢乐,加上近来秋夜变长,每逢得到名酒,没有一夜不喝的,对着自己的影子独饮,不知不觉便醉了。醉了之后,往往写几句诗自我取乐,诗稿渐多,也不再选择编排,姑且请老友把它誊清,拿来自我取乐罢了。

衰和荣不永远属于某事某物,
万事万物总是互相交替共荣衰。
邵平穷愁潦倒种瓜时,
哪像他当年东陵封侯居高位!
从春到冬,冬复至春,寒来又暑往,
人生道理一个样,衰荣总相随。
达观的人看透了其中理趣之所在,
我一条道走下去不再犹豫徘徊。
快与酒做伴,
终日落个醉。

其　　二①

结庐在人境②,而无车马喧③。

问君何能尔④？心远地自偏⑤。
采菊东篱下，悠然见南山⑥。
山气日夕佳⑦，飞鸟相与还⑧。
此中有真意⑨，欲辨已忘言⑩。

【注释】

① 此诗原列第五首。作者强调思想上抛却俗念，就能摆脱尘世的干扰，尽情体味大自然的意趣。见飞鸟还林而庆幸自己迷途知返，终于远离尘嚣得到闲适恬静的生活，这大概便是他领悟到的"真意"。② 结庐：建造房屋。此犹寄居。③ "而无"句：没有车的喧闹声。指没有世俗交往。④ 君：此作者自谓。尔：这样。⑤ "心远"句：只要内心远远超脱世俗观念，虽处在喧闹之地，也同住在偏僻处一样。⑥ 南山：指庐山。⑦ 山气：山中的气象，山色。⑧ 相与还：结伴而归。⑨ 此中：此时此景。真意：自然淳真的意趣。⑩ "欲辨"句：想辨别出来，忘了该用什么语言表达。意思是其中的真意已尽领悟，不必去辨别，也无须用语言表达。

【翻译】

我寄居在这尘嚣的人间，
门前独无车马喧阗。
若问我为啥能这样，
心离俗尘住所自然偏远。
在屋东的篱下把菊花采，
悠闲自在瞧见南山。

傍晚的山色最美好，

倦鸟结伴返回林间。

此情此景蕴藏着淳真的意趣，

我想辨别表达却选择不出恰当的语言。

其 三①

青松在东园，众草没其姿②；

凝霜殄异类③，卓然见高枝④。

连林人不觉⑤，独树众乃奇⑥。

提壶挂寒柯⑦，远望时复为⑧。

吾生梦幻间，何事绁尘羁⑨！

【注释】

① 此诗原列第八首。作者以孤松自喻，表达自己坚贞高洁的情志。在揭露当时贤愚不辨的同时，也流露出人生如梦的消极情绪。② 没（mò）：遮蔽。③ 凝霜：严霜，寒霜。殄（tiǎn）：灭。异类：指草及与松不同类的树木。④ 卓然：高高挺立貌。见（xiàn）：显露。⑤ 连林：树木相连成林。⑥ 乃：才。⑦ 壶：指酒壶。⑧ "远望"句：这是"时复为远望"的倒装句，谓还时时向远处眺望。⑨ 何事：为什么。绁（xiè）：拴马绳。这里用作动词，即拴、牵制。尘羁：尘世的羁绊。犹言尘网。

【翻译】

有棵青松生长在东边林园，

荒草杂树把它的英姿遮掩;
待到寒霜摧残其余的草木,
它枝挺叶翠分外高显。
在成片的密林里人们倒不留意,
后凋独秀才惊奇它既直且坚。
盛酒的提壶挂在寒枝梢头,
醉眼矇眬我时时眺远。
人生原是一场梦,
何苦尘世自作茧!

其 四①

清晨闻叩门,倒裳往自开②。问子为谁欤③?田父有好怀。壶浆远见候④,疑我与时乖⑤:"繿缕茅檐下⑥,未足为高栖⑦。一世皆尚同⑧,愿君汨其泥⑨。""深感父老言,禀气寡所谐⑩,纡辔诚可学⑪,违己讵非迷⑫!且共欢此饮,吾驾不可回⑬。"

【注释】

① 此诗原列第九首。作者表示守拙不仕,不趋附浑浊时尚的坚定决心。诗中的"田父",也许实有其人,也许是虚构,但肯定当时有人劝他再仕。陶渊明借田父问答形式,便于抒发自己的情怀。② 倒裳:颠倒衣裳。衣指上衣;裳指下裳,像裙子。意思是匆忙中来不及穿好衣服。语出《诗经·齐风·东方未明》。③ 子:谓田父。欤(yú):语助词,表疑问。④ 浆:指酒。⑤ 疑:责怪,埋怨。乖:违

背,不合。⑥ 缦缕(lán lǚ):同"褴褛"。衣服破烂貌。⑦ 高栖:指隐居。高:表敬意。⑧ 尚同:崇尚同流随俗。⑨ 汩(gǔ)其泥:使浑浊。汩,同"淈"。此用《楚辞·渔父》中成语:"圣人不凝滞于物,而能与世推移,世人皆浊,何不淈其泥而扬其波。"是说可与世人同浊,不必独清。以上四句是田父劝说语。⑩ 禀气:禀性,天生的气质。谐:合。⑪ 纡辔:指改变志向。纡:曲折,回转。辔:马的缰绳等,代指马车。⑫ 违己:违背自己本心,指归耕的初衷。讵(jù):岂。⑬ "吾驾"句:以车行的方向比拟人的志向。驾:车驾。此六句为诗人作答。

【翻译】

清早就听敲门声,
急忙穿衣自去开。
请问来客您是谁?
原是农父好心怀。
手提壶酒来问候,
怪我与时合不来:
"破衣烂衫茅檐下,
不该隐居误高才。
世风浑浊识时务,
劝您逐流游宦海。"
"深感父老体己话,
怨我生性与人乖。
回车改道路虽通,
违心驰去怎不歪!

有酒暂且齐痛饮，

归耕终老志不回。"

其　　五^①

在昔曾远游^②，直至东海隅^③；
道路回且长^④，风波阻中涂^⑤。
此行谁使然^⑥？似为饥所驱。
倾身营一饱，少许便有余^⑦。
恐此非名计^⑧，息驾归闲居。

【注释】

① 此诗原列第十首。作者追述他为生计所迫，不得已而做官，历经仕途的艰辛，终于决意归田闲居。② 远游：远仕。③ 东海隅：东海附近。指当时的京都建康（今江苏南京）一带。作者出仕期间曾数次去那一带活动。隅：边沿地带。④ 回：曲折。⑤ 中涂：途中。涂，同"途"。⑥ 此行：指作者上述远行，也泛指他出仕。然：如此，这样。⑦ "倾身"二句：尽力谋求一饱，稍得即足。意谓不必远仕，自有他途。倾身：竭尽全力。营：谋求。少许：少量、一点点。⑧ 非名计：不是保持清名的好办法。意谓做官会损伤固穷守志的名声。

【翻译】

往日官差出远门，

奔波直到东海边;
那条道儿弯又长,
一路历尽风和险。
谁让自己找罪受?
饥肠辘辘被驱遣。
竭心尽力混餐饱,
少许即足实可怜。
何况此行损名节,
不如回家且赋闲。

其　六^①

故人赏我趣,挈壶相与至。
班荆坐松下^②,数斟已复醉。
父老杂乱言,觞酌失行次^③。
不觉知有我,安知物为贵^④?
悠悠迷所留^⑤,酒中有深味!

【注释】

① 此诗原列第十四首。作者写与老友、乡亲同乐的山野情趣,借酒陶情的出世心情。② 班:排布。荆:荆条、荆草。③ 行次:酌酒的顺序。④ "不觉"二句:醉得已经感觉不到自己的存在,对一切身外之物还有什么系恋? 安:岂。物:指身外之物,包括世俗观念等各种系恋。⑤ 迷所留:指沉湎于酒。

【翻译】

老友深知我高趣,
邀伴携酒来相陪。
松下摊草依次坐,
数杯进肚早又醉。
你言我语闹声欢,
我斟你酌行次违。
晕晕糊糊不自知,
哪知身外物可贵?
悠哉细细品酒香,
其中本含深意味!

其　　七①

少年罕人事②,游好在六经③。
行行向不惑④,淹留遂无成⑤。
竟抱固穷节⑥,饥寒饱所更⑦。
蔽庐交悲风,荒草没前庭。
披褐守长夜⑧,晨鸡不肯鸣。
孟公不在兹⑨,终以翳吾情⑩。

【注释】

① 此诗原列第十六首。作者写自己少有壮志,老而无成,但人穷志不穷,以至历经磨难,穷愁潦倒。而最可悲的是在这个冷漠的社会里,没有一个人了解自己。② 人

事:这里指社交活动。③"游好"句:意谓埋头于经世治国的学问。六经:也称六籍,即《诗》、《书》、《易》、《礼》、《乐》、《春秋》六种儒家经典。这里泛指古代的经籍。④ 行行:不停地走,比喻时光流逝。向:接近。不惑:不惑之年,即四十岁。语出《论语·为政》"四十而不惑"。⑤"淹留"句:意谓自己不趋时附势,与世俗同流,因此在功业上无建树。成:成就,这里主要指功业而言。⑥ 抱:持,坚持。固穷节:穷困时固守节操,意即宁可困穷而不改其志。语出《论语·卫灵公》。⑦ 更:经历。⑧ 褐:粗布衣。⑨"孟公"句:孟公指东汉人刘龚,孟公是他的字。参见《后汉书·苏竟传》。据皇甫谧《高士传》载,东汉有一个读书人张仲蔚,家贫,住的地方蓬蒿没人,不被人们注意,只有刘龚了解他。作者境遇与张仲蔚相似,叹当世没有像刘龚那样的知己。兹:此,现在。⑩ 翳(yì):隐没。

【翻译】

自幼胸怀壮志很少交际,
一心攻读治世的经籍。
光阴渐逝眼看挨近四十岁,
时乖运滞功业无成贫如洗。
我宁可困穷不改变初志,
一生饱经冻馁寒饥。
凄冷的风吹进破旧的草屋,
屋前的庭院长满了野草荆棘。
披着粗布衣衫坐盼长夜过去,
报晓的雄鸡偏偏不肯鸣啼。

可叹孟公不在今世没有知己,
只好把真情深深埋在心底。

其　　八①

羲农去我久②,举世少复真③。汲汲鲁中叟④,弥缝使其淳⑤。凤鸟虽不至⑥,礼乐暂得新⑦。洙泗辍微响⑧,漂流逮狂秦⑨。《诗》《书》复何罪? 一朝成灰尘⑩。区区诸老翁⑪,为事诚殷勤。如何绝世下,六籍无一亲⑫? 终日驰车走,不见所问津⑬。若复不快饮,空负头上巾⑭。但恨多谬误⑮,君当恕醉人。

【注释】

① 此诗原列第二十首。作者景仰上古淳真风气,希望浑浊的时尚能返朴还真。他推崇六经教化人民的功能,但当时负有教化责任的读书人,一心追逐名利,自己又无能改变这种状况,只得借酒抒怀解忧。虽然诗中反映的作者的历史观多有可议,但提出了醉酒的抗争方式。作者指出:酣醉才能清醒,才敢大胆地直斥时弊而不辜负头上的儒巾;只有承认酒后失言,才能取得人们的谅解和避害远祸。"但恨多谬误"一句反语,表现了他反对浑浊时尚的意志。② 羲农:伏羲氏、神农氏,他们都是传说中的上古帝王。③ 真:指真淳的社会风尚。④ 汲汲(jí):急切追求貌。鲁中叟:指孔子,春秋鲁人。⑤ 弥缝:弥补。⑥ "凤鸟"句:凤鸟即凤凰,传说中的瑞鸟。凤鸟出现,预示天下大治。孔子曾叹息"凤鸟不至",意谓不逢盛世。参见《论语·子

罕》)。⑦"礼乐"句:相传礼乐是西周初周公制定的,春秋末,周朝衰亡,礼崩乐坏,经过孔子整理传授,礼乐得到复兴。参见《史记·孔子世家》。⑧"洙泗"句:洙泗指洙水和泗水,都在今山东曲阜北,孔子曾在那里教学。见《礼记·檀弓》。这句的意思是孔子死后就再也听不到微言大义了。辍(chuò):中止,停止。微响:犹微言,即微言大义,指含有深奥义理的精微语言。见《汉书·艺文志》。⑨狂秦:暴虐的秦朝。逮(dǎi):到。⑩"《诗》《书》"二句:指秦始皇焚书的事。作者痛加斥责。复:又。⑪区区:勤苦谨慎貌。诸老翁:指秦代儒生济南伏生、淄川田生等,汉初出来讲授六经,那时都有七八十岁。⑫"如何"二句:汉代经学家董仲舒倡导罢黜百家,独尊儒学;魏晋时崇尚老庄玄学而轻儒学,故有此问。绝世:此指汉代灭亡。⑬"不见"句:意谓没有像孔子那样为探求治世之道而奔走的人。问津:问路。参见《癸卯岁始春怀古田舍》诗"行者"注。⑭"空负"句:明写儒巾好滤酒,暗写借醉酒以斥时政。空负:白白辜负。头上巾:儒巾,儒者头上戴的葛巾,表明儒者身份。《宋书·陶潜传》载,酒熟后,渊明取葛巾滤酒,滤过后又戴在头上。⑮谬误:指言和行的过错。

【翻译】

> 羲农之世离我们已经非常久远,
> 淳朴的古风到如今早荡然无存。
> 孜孜以求的鲁国孔老夫子,
> 力挽颓风想让它复归淳正。
> 尽管凤鸟不至清明的政治难遇,

礼乐教化却暂时焕然一新。
讲坛上的微言大义随着孔夫子的死去而告中止,
历史的长河汪洋泛滥流逝到暴虐的嬴秦。
《诗》《书》古籍又有什么罪过?
霎时间一把火烧了个干净。
幸亏有汉初的几位遗老,
不惜老迈勤奋地追述六经古训。
为什么汉代后独尊儒学的传统中断,
到今天众儒生崇尚老庄而疏远儒经?
读书人不读书成天驱车逐名利,
治国救民的大道上没有像孔子那样的人奔走问津。
世事如此若不及时痛饮酒,
对不住头上这块好滤酒的儒生巾。
只恨我常醉酒酒后言行多谬误,
还希望先生您包涵我这醉乡人。

归　　鸟

《归鸟》共四章。诗人托兴"归鸟",抒发自己孤高脱俗的情趣。诗中的树林比喻家园,天空、高云比喻仕途。全诗反复强调归鸟不思天路、只恋旧栖这层意思,表达了作者对官场的厌弃和归田的决心。它和《归田园居》中的"羁鸟恋旧林"、《饮酒》中的"飞鸟相与还"极其一致,与上面两首诗作于同一时期。

翼翼归鸟①,晨去于林②。远之八表③,近憩云岑④。和风不洽⑤,翻翮求心⑥。顾俦相鸣⑦,景庇清阴⑧。

翼翼归鸟,载翔载飞。虽不怀游,见林情依。遇云颉颃⑨,相鸣而归。遐路诚悠⑩,性爱无遗⑪。

翼翼归鸟,驯林徘徊⑫。岂思天路,欣反旧栖。虽无昔侣,众声每谐⑬。日夕气清,悠然其怀。

翼翼归鸟,戢羽寒条⑭。游不旷林⑮,宿则森标⑯。晨风清兴,好音时交。矰缴奚施⑰,已卷安劳⑱!

【注释】

① 翼翼：飞翔悠闲貌。② 去：离开。③ "远之"句：比喻远仕。之：至。八表：八方。④ "近憩(qì)"句：比喻近处做官。云岑(cén)：高耸入云的山峰。⑤ "和风"句：此诗四章分写四季归鸟的活动，和风即春风，既应时，也比喻仕途生活。洽：协调。⑥ 翮(hé)：鸟的翅膀。求心：追求所向往的。⑦ 俦(chóu)：伴侣。⑧ 景：同"影"。庇(bì)：隐藏。⑨ 颉颃(xié háng)：上下翻飞。⑩ 遐路：指天空。与下"天路"意同。悠：远。⑪ 性爱：情爱。无遗：意谓达到极点。⑫ 驯林：沿着树林。驯，通"循"。⑬ "虽无"二句：比喻离开官场同僚，和家人邻里和睦相处。⑭ 戢(jí)羽：收敛翅膀。条：树枝。⑮ 旷：空，虚。⑯ 森标：高枝。⑰ 矰缴(zēng zhuó)：猎取飞鸟的射具。矰是短箭，缴是系箭的丝绳。奚：何，怎样。⑱ 卷：卷藏。安：岂，何须。

【翻译】

小鸟倦飞回巢来，
清早觅食出树林。
展翅翱翔飞远方，
就近歇翅在高岭。
春风与我方向反，
掉转翅膀重追寻。
顾盼伴侣鸣相招，
快把身影融清荫。
小鸟倦飞回巢来，

扇动双翅空中旋。
原本不怀凌云志,
待见深林更依恋。
云层阻隔上下搏,
此呼彼应返林间。
纵然天高任鸟飞,
生性恋巢情不变。
小鸟倦飞回巢来,
绕林盘旋情脉脉。
守拙不思攀云路,
欣然翩翩返旧窠。
告别旅途旧时伴,
林鸟知音鸣声和。
傍晚气象真清爽,
悠悠情怀更淡泊。
小鸟倦飞回巢来,
收敛双翅踞寒条。
觅食游乐不出林,
栖息专拣高枝杪。
晨风吹拂添雅兴,
众声啭鸣真美妙。
且看矰缴怎施展,
早藏深林枉自劳!

戊申岁六月中遇火

戊申岁是晋安帝义熙四年(408),诗人四十四岁。这年六月,他在上京的住宅被火烧毁,一家人只得住在门前水塘的船上。在初秋之夜,诗人回顾起自己贞刚耿直,生不逢时的遭遇,并怀慕上古淳朴之世人们所过的那种幸福生活,反映了他之所以退隐,绝非消极避世,而是出于对当时统治者的不满和失望。

草庐寄穷巷①,甘以辞华轩②。正夏长风急③,林室顿烧燔④。一宅无遗宇⑤,舫舟荫门前⑥。迢迢新秋夕⑦,亭亭月将圆⑧;果菜始复生,惊鸟尚未还。中宵伫遥念⑨,一盼周九天⑩。总发抱孤介⑪,奄出四十年⑫;形迹凭化往⑬,灵府长独闲⑭;贞刚自有质⑮,玉石乃非坚⑯。仰想东户时,余粮宿中田;鼓腹无所思,朝起暮归眠⑰。既已不遇兹⑱,且遂灌我园⑲。

【注释】

① 寄:寄托,依附。② 辞:拒绝。华轩:华美的车子,富贵者所乘,这里指功名富贵。③ 正夏:盛夏。这里指六

月。长风:大风。④ 燔(fán):烧。⑤ 宇:屋宇。⑥ 舫舟:船,同义复词。⑦ 迢迢:漫长貌。新秋:初秋。⑧ 亭亭:高远貌。⑨ 中宵:半夜。伫(zhù):长时间站着。遥念:想得很远。⑩ 一盼:一顾,一望。周:遍,遍及。九天:天。这里指整个天地。⑪ 总发:指童年时。古代儿童把头发在头顶束成双结叫总发,因其状似两角,也称总角。孤介:方正耿直而不随和。⑫ 奄:忽然。此指时间过得很快。⑬ 形迹:身体,指生命。化:造化,指自然的变化。⑭ 灵府:指心。⑮ 自:本来,原来。⑯ 乃:却。⑰ "仰想"四句:意谓仰慕上古太平盛世。东户:东户季子,传说中的上古帝王。《淮南子·缪称训》载,东户时代道不拾遗,农具余粮都放在田头。宿:停留,此意存放。中田:田中。鼓腹:拍抚肚皮,是说吃得饱饱的。《庄子·马蹄》有上古赫胥氏时代"含哺鼓腹"的有关记载。⑱ 兹:此。⑲ 遂:就。

【翻译】

草屋座落僻巷之中,
远避富贵心甘情愿。
岂料盛夏风急火骤,
林屋顿时笼罩烈焰;
房屋没有剩下一间,
暂住船上栖身门前。
那是一个初秋长夜,
明月将圆高悬天边。
果菜开始恢复生机,
鸟有余悸还没飞还。

夜半久立浮想联翩，
一眼望尽八荒九天。
自幼胸怀孤高耿直，
转眼已过四十多年；
生命自然走向衰老，
心境始终淡远清闲；
本质生就坚贞刚强，
玉石虽硬不如心坚。
抬头遥想上古盛世，
余粮储放田头地端；
吃饱喝足无忧无虑，
早出游乐晚归安眠。
既已不逢这个时代，
姑且安心浇园种田！

庚戌岁九月中于西田获早稻

"庚戌岁"是晋安帝义熙六年(410),陶渊明四十六岁。西田,指当时住所西边的田。陶渊明辞彭泽令归田后,亲身参加了一段时间的耕作,对农业劳动有进一步的体验和感受。他在诗中强调解决衣食是人生的头等大事,抒发了通过辛勤劳动终于赢得丰收的感慨:致力躬耕得以洁身远祸,并获得物质的满足和精神的慰藉。

人生归有道①,衣食固其端②;孰是都不营③,而以求自安! 开春理常业④,岁功聊可观⑤;晨出肆微勤⑥,日入负耒还⑦。 山中饶霜露⑧,风气亦先寒⑨。田家岂不苦? 弗获辞此难⑩。 四体诚乃疲⑪,庶无异患干⑫。 盥濯息檐下⑬,斗酒散襟颜⑭。 遥遥沮溺心⑮,千载乃相关⑯。 但愿长如此,躬耕非所叹。

【注释】

① 道:常理。 ② 固:本是。端:开端,第一件事。 ③ 孰:何。是:此,指衣食,意即农事。 ④ 常业:日常劳务,

指农活。⑤ 聊:尚且,大略。⑥ 肆:操持。微勤:些微的劳作,带有自谦的意味。⑦ 耒:农具。⑧ 饶:多。⑨ 风气:气候。⑩ "弗获"句:只是不能推脱这种艰苦的劳动。⑪ 四体:四肢,指身体。⑫ 庶:庶几,差不多。异患:意外的灾祸。干:犯,碰上。⑬ 盥(guàn)濯:洗涤。⑭ 斗:古代盛酒具,相当于杯子。襟颜:心胸和容颜。⑮ 沮溺:指长沮、桀溺,古代隐居躬耕两隐者,参见《癸卯岁田舍怀古》"行者"句注。⑯ 乃:却、竟。

【翻译】

人生总归有常道,
吃饭穿衣是开端。
岂有衣食不营理,
而能安乐免饥寒!
新春致力干农活,
一年收成尚可观。
清晨下地勤操作,
日落扛犁把家还。
山地高寒多霜露,
入秋气候冷得早。
耕种庄稼岂不苦,
田家终岁任辛劳。
虽说身体真疲倦,
幸喜灾祸或可消。
洗罢手脚檐下歇,
喝盅酒儿散散心。

长沮桀溺去我远,
相隔千载情相亲。
但愿生活长如此,
躬耕田亩一身轻。

移居二首

　　《移居》共二首。晋安帝义熙四年(408)六月,陶渊明旧宅遭受火灾。过了两年,即义熙六年(410)迁居南村,这两首诗是他迁入新居后不久写的,时年四十六岁。两首诗都是写他迁居后同邻人友好交往的愉快生活。

其 一①

昔欲居南村,非为卜其宅②。
闻多素心人③,乐与数晨夕④。
怀此颇有年,今日从兹役⑤。
敝庐何必广,取足蔽床席。
邻曲时时来⑥,抗言谈在昔⑦。
奇文共欣赏,疑义相与析。

【注释】

　　① 这首诗写移居南村,得与志同道合的邻居相处的和谐欢快。② 卜宅:占卜问宅之吉凶。③ 素心人:心地朴素的人。④ 数(shǔ):屡,常。⑤ 从兹役:进行这次劳动,指搬家。⑥ 邻曲:邻居。⑦ 抗言:热烈地交谈。抗,同

"亢",高亢。在昔:往古的事。

【翻译】

我早就萌发了移居南村的念头,
不是这里的风水有什么大吉大利。
听说南村的人们心地淳朴,
我乐意和这样的人为邻共处朝夕。
怀着这个心愿又几度春秋,
今天实现了初衷终于搬进了新第。
简陋的房舍何须宽敞,
有个地方容我存身已经称心如意。
友善的邻居常来常往,
高谈阔论追忆往昔毫无顾忌。
有好文章大家一同欣赏,
遇疑难处一道详加剖析。

其 二①

春秋多佳日,登高赋新诗。
过门更相呼,有酒斟酌之。
农务各自归,闲暇辄相思;
相思则披衣,言笑无厌时②。
此理将不胜③,无为忽去兹④。
衣食当须纪⑤,力耕不吾欺⑥。

【注释】

① 这首诗写移居南村后,和邻居同劳动共欢乐,建立了亲密无间的真挚感情,表达了作者对自耕自给的生活的适意和满足。② 厌:满足。③ 此理:即上述与邻居交往之乐。将:岂。胜:美。④ 忽:轻,轻易。兹:此。⑤ 纪:经营。⑥ 不吾欺:即不欺吾。吾,我。

【翻译】

春秋常有好晴天,
兴浓登高做新诗。
过门轮番相邀唤,
有酒请您共饮之。
农忙耕作各归家,
一有闲暇便相思。
动念出门寻知己,
说笑欢洽无厌时。
此乐有啥和它比,
芳邻不可轻离弃。
吃穿务必勤营理,
力耕足食又丰衣。

还 旧 居

旧居指栗里旧宅,是陶渊明的出生地。陶渊明于晋孝武帝太元十八年(393)二十九岁时初仕,为江州祭酒。次年丧前妻,不久续娶,大约这时迁居上京,生母孟氏仍居旧宅。至晋安帝隆安五年(401),孟氏卒,其间六年渊明做了几任小官,常往还于上京、栗里两居所之间,此即诗中所说"六载去还归"。他服母丧在家两年,亦多居栗里,与叔伯兄弟敬远从事农耕(参见《陶渊明集·癸卯十二月中与从弟敬远》)。此后八九年未回栗里。这几年时局尤为动荡,几次大的战乱就发生在浔阳一带,家乡面貌变化很大。晋安帝义熙七年(411),作者四十七岁,从弟敬远亡故(仅活三十一岁),作者还旧居奔丧,写下了《祭从弟敬远文》(参见《陶渊明集》)和这首诗。此时渊明已迁南村,诗中说"畴昔家上京"显然将住在上京的时间分为前后两个阶段,"去还归"指初迁的六年;又说"常恐大化尽,气力不及衰",说明作者写此诗时还没到五十岁。

这首诗写作者还旧居的所见所感,反映了当时农村的凋敝和战乱给人民造成的深重灾难。

畴昔家上京①，六载去还归②。
今日始复来，恻怆多所悲③。
阡陌不移旧④，邑屋或时非⑤。
履历周故居⑥，邻老罕复遗。
步步寻往迹⑦，有处特依依⑧。
流幻百年中⑨，寒暑日相推。
常恐大化尽⑩，气力不及衰⑪。
拨置且莫念⑫，一觞聊可挥⑬。

【注释】

① 畴昔：过去。畴，语助词，无义。家：家住。上京：山名，在栗里北约二十五里。② 去还归：去了又回，谓常来常往。③ 恻怆：形容心情悲伤。④ 阡陌：田间小路，这里指农田。⑤ 邑屋：村庄房舍。⑥ 履历：足经，走过。⑦ 步步：一步一步，犹言细细。往迹：往昔留下的痕迹。⑧ 有处：有的地方。特依依：特别引人思念。⑨ 流幻：流动变幻。百年：人的一生。⑩ 大化尽：指死，这里大化指生命。⑪ 衰：《礼记·王制》说"五十始衰"。这里指始衰之年，即五十岁。⑫ 拨置：放在一边。⑬ 聊：姑且。挥：指饮酒干杯。

【翻译】

昔日家住上京时，
初迁六年常往返。
阔别多年还旧居，
不禁心中多伤感。

农田没改旧时貌,
村舍模样有变换。
绕着故居走一遭,
四邻老人多长眠。
细寻当年旧痕迹,
有些地方特依恋。
人生流动多变幻,
寒暑相催人心寒。
常恐生命忽终结,
不到五十气力殚①。
抛开一边不多想,
姑且倾杯饮个干。

---

① 殚(dān):尽。

形影神三首 并序

这是三首富有哲理的诗篇。形指肉体,影指人影,神指精神、灵魂。东晋时社会动乱,宗教神学泛滥。当时陶渊明的家乡庐山,是南方传播佛教的中心。住在庐山东林寺的著名僧人慧远,就是一个神不灭论的积极鼓吹者。他在元兴三年(404)作《形尽神不灭论》(见《弘明集》),义熙九年(413)作《万佛影铭》(见《广弘明集》),并在立铭时大肆张扬,宣扬人的精神可以离开形、影独立存在长存不灭,影响很大。这种理论劝人逆来顺受,善修来生,是十足的宗教迷信思想。陶渊明的这组诗,显然是针对慧远的谬论写的,当是义熙九年(413)或稍后的作品。

这组诗通过形、影、神三个富有生活气息的艺术形象和它们的生动对话,集中地反映了诗人对宇宙的见解,坚持了形神俱灭的唯物主义思想,是一篇向宗教神学反击的宣言书。必须指出,从序和形影神的对话中,我们也可以窥见诗人内心的苦闷和顺应自然的人生观。

贵贱贤愚,莫不营营以惜生①,斯甚惑焉。故极陈形影之苦，言神辨自然以释之②。好事君子③，共取其心焉④。

形　赠　影⑤

天地长不没，山川无改时⑥；

草木得常理⑦，霜露荣悴之⑧。

谓人最灵智，独复不如兹⑨。

适见在世中⑩，奄去靡归期⑪。

奚觉无一人⑫，亲识岂相思⑬？

但余平生物⑭，举目情凄洏⑮。

我无腾化术⑯，必尔不复疑⑰。

愿君取吾言，得酒莫苟辞⑱。

【注释】

①营营：来往不绝，指忙碌奔波，千方百计地谋划。②释：排遣，解除。③君子：对人的尊称。④心：指精神实质。⑤此诗写形给影的赠言：天地、山川可以永存，草木枯悴可以再生，唯有人之形体必然死亡，消失无存。既然这样，不如及时饮酒取乐。⑥"天地"二句：谓天地山川永恒不变。实际上自然界无时无刻不在变化运动。⑦常理：常规。⑧荣悴之：使它荣悴。悴，落。之，指草木。⑨如兹：如此，指像天地草木那样。⑩适：刚才。⑪奄：遽然。靡：无。⑫奚：怎么。⑬岂：岂不。⑭平生物：指生前用过的物件。⑮洏(ér)：泪流不止貌。⑯腾化术：修道成仙的法术。⑰必尔：必然如此，指死亡。⑱苟：随便。辞：推辞。

【翻译】

人们无论尊卑贵贱,也无论聪明愚笨,没有不煞费苦心地顾惜自己的生命的,这实在太糊涂了。所以,我在这里详尽地陈述"形"和"影"的苦衷,并通过"神"辨析自然的道理对它们进行排解。希望关心这件事的人们,共同从中得到启发。

天地永远不会毁灭,
山川没有改变的时辰。
草木随着自然变化也有永恒的规律,
秋霜逼它枯萎凋落,春露又催它发芽繁盛。
虽说人为万灵之长,最富有聪明才智,
却反不如自然万物永世长生。
刚才还见他活在世上,
转眼逝去不再返回人间;
身边蓦然间少了一个人,
亲友们怎能不把他思念?
死者生前之物历历在目,
睹物伤情,不由得生者涕泪涟涟。
我没有升天成仙的法术,
对不可挽回的人生大限毫不怀疑。
愿您记取我的忠言,
有酒就喝,切莫轻易错过良机。

影　答　形①

存生不可言②，卫生每苦拙③；
诚愿游昆华④，邈然兹道绝⑤。
与子相遇来⑥，未尝异悲悦⑦；
憩荫若暂乖，止日终不别。
此同既难常⑧，黯尔俱时灭⑨；
身没名亦尽，念之五情热⑩。
立善有遗爱⑪，胡为不自竭⑫？
酒云能消忧，方此讵不劣⑬！

【注释】

① 此诗写影对形的回答：人的生命不能永存，神仙境界又不可企及，人一死形影俱灭；但是如果生前立善，还可给后代留下仁爱，这总比饮酒浇愁要强许多。② 不可：不足，不值得。③ 拙：愚笨，指无善计良策。④ 昆华：昆仑山和华山，传说都是神仙住的地方。⑤ 邈然：远貌。⑥ 子：您，指形。⑦ "未尝"句：这里指照镜子，形笑影也笑，形哭影也哭。⑧ 既：犹将，将然之词。⑨ 黯尔：黯然，沮丧貌。⑩ 五情：指喜、怒、哀、乐、怨，这里泛指人的感情。⑪ 立善：古人把立德、立功、立言看作三种不朽的事，总称立善。遗爱：留给后代的仁惠。⑫ 胡为：为什么。⑬ 方：比较。讵：岂。

【翻译】

长生不死根本莫作指望，

保养身体也常常苦于无计。
一心游访名山求仙学道，
而通往仙境的道路又渺茫不可企及。
自从和您相遇，
喜怒哀乐彼此未曾有过差异；
歇在树荫下你我似乎暂时分手，
站在阳光下咱俩终归紧随不离。
可惜这样的日子难以永远维持，
当死亡来临我们将同归于尽；
身死之后名声也随着悄悄逝去，
想到这些我抑制不住激动的感情。
立善将给后代留下仁爱，
为什么不在这方面大显身手竭力尽心？
喝酒虽说也能消忧解愁，
和立善相比又岂能算是高明！

神　　释①

大钧无私力②，万物自森著③。人为三才中④，岂不以我故⑤！与君虽异物⑥，生而相依附。结托既喜同⑦，安得不相语！三皇大圣人⑧，今复在何处？彭祖爱永年⑨，欲留不得住。老少同一死，贤愚无复数⑩。日醉或能忘，将非促龄具⑪？立善常所欣，谁当为汝誉⑫？甚念伤吾生⑬，正宜委运去⑭；纵浪大化中⑮，不喜亦不惧。应尽便须尽，无复独多虑⑯！

【注释】

① 此诗通过神,针对形和影赠答中所诉苦衷及不同观点进行排解:饮酒促人短寿,立善没人称誉,人终有一死,当顺应自然,任其发展,毋须多虑。② 大钧:宇宙,自然造化。无私力:造化之力没有偏爱。③ 森:繁盛貌。著:显示。④ 三才:指天、地、人。⑤ 以:因为。我:神自谓。⑥ 君:你们,指形和影。⑦ 结托:意谓生死相依。结,结交。托,依托。⑧ 三皇:传说中的三个古代帝王,指伏羲、神农、黄帝。黄帝一说当为燧人。⑨ 彭祖:传说为古代颛顼(zhuān xū)帝的玄孙,姓篯(jiān)名铿,常食桂芝,善导引行气,生于夏代,至殷末活了八百多岁,因此,旧时把他作为长寿的象征。见刘向《列仙传》、葛洪《神仙传》。⑩ 复数:再生的命数。⑪ 将非:岂非。⑫ 当:会,该。⑬ 伤:损害。吾:神自谓。⑭ 委运:托付于自然变化。⑮ 纵浪:放浪。大化:宇宙,自然。⑯ 无:同"毋"。

【翻译】

大自然的造化之力无偏无颇,
哺育着自然生长的宇宙万物。
人同天地之所以并称三才,
难道不是因为有了我的缘故!
我与你们虽然是不同的东西,
但是一生下来我们就互相依附。
既然融于一体有着共同的命运,
怎么能不互相告诫而推心置腹!

上古时代的三皇可谓大圣人,
他们今天又在何处?
彭祖热心于长生不老,
想永远留在世上毕竟也还是留不住。
无论长寿短命,总归同是一死,
无论贤者愚人都没有再生的命数。
终日醉饮也许能忘记死神的降临,
难道说酒不正是促人短寿之物?
勉力立善固然令人欣羡,
如今善恶不辨,死后有谁会把你赞誉?
考虑过多会损伤我的生命,
正应该委身于自然的迁化随之而去;
让形迹在这宇宙中自由放浪,
无拘无束,无忧无虑。
生命走到尽头就让它自然了结,
不要再为这苦苦哀愁白费心绪。

和刘柴桑

刘程之,字仲思,曾做过柴桑令,故称之刘柴桑;入宋后不仕,隐居庐山西林,人又称之刘遗民。时刘遗民、周续之与陶渊明合称"浔阳三隐"。刘遗民是白莲社十八贤之一,劝陶渊明隐居庐山。渊明写这首和诗表示谢绝。诗里写自己归田后逐渐与世隔膜,躬耕足以自给,饮酒聊可自慰,已经满足,别无他求。这首诗写在白莲社结社期间,即晋安帝义熙十年(414),陶渊明时年五十岁。

山泽久见招①,胡事乃踌躇②? 直为亲旧故③,未忍言索居④。 良辰入奇怀,挈杖还西庐⑤。 荒涂无归人⑥,时时见废墟。 茅茨已就治⑦,新畴复应畬⑧。 谷风转凄薄⑨,春醪解饥劬⑩。 弱女虽非男⑪,慰情良胜无⑫。 栖栖世中事,岁月共相疏⑬。 耕织称其用⑭,过此奚所须? 去去百年外⑮,身名同翳如⑯!

【注释】

①"山泽"句:指刘遗民劝作者隐居庐山,山泽指隐居

之处。② 胡事：什么缘故。乃：竟。③ 直：只。④ 索居：独居。⑤ "挈杖"句：西庐指渊明旧居，离西林不远，他不参加白莲社，但时时往返于庐山南村之间。⑥ 涂：同"途"。⑦ 茅茨：茅屋。治：治理，修整。⑧ 新畴：新田。畬（yú）：第三年理新田叫畬。⑨ 谷风：东风。⑩ 春醪（láo）：春酒。劬（qú）：劳苦。⑪ 弱女：比喻薄酒。⑫ 良：确实。⑬ "栖栖（xī）"二句：意谓随着岁月的推移，世间事与我日渐疏远。栖栖：忙碌不安貌。⑭ 称：相当。⑮ 去去：指时光的流逝。百年：人的一生。⑯ 翳（yì）如：泯没不存。

【翻译】

很久以前你招唤我归隐山泽，
我为什么踌躇不前？
只因为舍不得离开亲友，
所以不忍心独居一边。
美好的天气使人心怀开朗，
我拿起手杖向西庐归返。
野草埋没了荒僻的道路，
到处是废墟看不见人烟。
我用茅草盖屋把住处整理就绪，
又着手修阡陌治理新田。
东风劲吹，天气日渐寒冷，
喝碗春酒解除饥乏使精神舒展。
薄酒虽然不及佳酿，
但解除饥乏聊胜于一滴不沾。

急遽奔竞的人间世事,
年深日久愈来愈和我隔膜无缘。
耕田织布只解决衣食所需,
过多的积蓄又岂是我之素愿?
人生百年间匆匆过去,
身与名一同泯灭,又何必为身外之物挂牵!

杂　诗(八首选三)

《陶渊明集》中共有杂诗十二首,其中有八首多嗟老伤时,感叹壮志未酬,当为晚年同一时期的作品,是为一组。其第六首写道:"昔闻长者言,掩耳每不喜;奈何五十年,忽已亲此事。"这里的"五十年"虽不一定是确数,但作者写这八首诗的时候,不会距五十岁很远。作者在诗中感叹岁月催人老,须及时行乐,但他在寻求自我解脱的时候,回忆昔日的壮志,生性不泯,通过"我愿不知老"(第四首)、"及时当勉励"(第一首)等诗句,表达了他勤自警勉,保持晚节的高尚情趣。

其　一①

人生无根蒂②,飘如陌上尘③。
分散逐风转,此已非常身。
落地为兄弟④,何必骨肉亲!
得欢当作乐,斗酒聚比邻⑤。
盛年不重来⑥,一日难再晨。
及时当勉励,岁月不待人。

【注释】

① 此诗原列第一首。作者感叹人生无常,光阴易逝,但逢知己当及时行乐。"落地为兄弟,何必骨肉亲"反映了作者对当时森严的门阀制度和腐败的社会风气的憎恶情绪。② 根蒂(dì):草木之根和蒂,这里喻指依托。蒂,花、果实与枝茎连结处。③ 陌:指道路。④ 落地:一脱娘胎,一生下来。⑤ 斗酒:杯酒。比(bǐ)邻:近邻。⑥ 盛年:壮年。

【翻译】

人生在世本无根,
东飘西荡如轻尘。
四处分散随风转,
转眼已非壮健身。
我视世人如兄弟,
何必骨肉才相亲!
人逢喜事应作乐,
有酒不妨邀近邻。
壮年易过不再来,
一天没有两早晨。
抓紧时间当自励,
岁月从来不等人。

其 二①

白日沦西阿②,素月出东岭③;

遥遥万里辉,荡荡空中景④。

风来入房户⑤,夜中枕席冷;

气变悟时易⑥,不眠知夕永⑦。

欲言无余和⑧,挥杯劝孤影。

日月掷人去⑨,有志不获骋⑩;

念此怀悲凄,终晓不能静⑪。

【注释】

① 此诗原列第二首。它抒发了作者壮志未酬的悲哀及压抑孤寂的苦闷心情。② 沦:沉,落。西阿(ē):西山。③ 素:白,皎洁。④ 荡荡:广阔貌。景:同"影"。⑤ 户:门。⑥ 悟:意识到。⑦ 永:长久。⑧ 无余和(hè):即无和余。和,这里指交谈。⑨ 掷:抛弃。⑩ 骋:驰骋,施展。⑪ 终晓:彻夜,直到天明。

【翻译】

太阳落到西山下,

明月升上东山头。

长天万里洒清辉,

辽阔夜空一眼收。

冷风穿房又入户,

夜深枕席凉飕飕。

风凉才知季节变,

不眠更觉秋夜悠。

无人伴我诉衷曲,

独顾孤影倾杯酒。
时光荏苒弃人去,
虽有壮志志难酬。
满腔抑郁心绪乱,
通宵达旦不胜愁。

其 三①

代耕本非望②,所业在田桑③。
躬亲未曾替④,寒馁常糟糠⑤。
岂期过满腹⑥,但愿饱粳粮⑦;
御冬足大布,粗絺以应阳⑧。
正尔不能得,哀哉亦可伤!
人皆尽获宜,拙生失其方⑨。
理也可奈何⑩,且为陶一觞⑪!

【注释】

① 这首诗原列第八首。作者抒发了努力耕种却常常挨饿受冻的愤慨和不平。② 代耕:以官俸代替种田的收入。指当官食禄。③ 所业:从事的。田桑:种田养蚕,指农事。④ 躬亲:亲自操劳。替:废,停止。⑤ 糟糠:酒渣和谷糠,指粗劣的食物。⑥ 过满腹:吃得过饱。⑦ 粳(jīng):粳稻。⑧ 絺(chī):葛布。应阳:适应炎热的夏天。⑨ 拙:自谦之称。⑩ "理也"句:意谓世道如此,虽于理不通,也无不奈何。理:指正理。⑪ 陶:快乐,这里指痛饮。

【翻译】

做官食禄非我愿,
种田织布是本行。
一生辛劳勤耕作,
终年挨饿吃糟糠。
岂敢饭食存奢望,
但求粳米充饥肠;
御寒冬日有粗布,
入夏葛布作衣裳。
即便如此也无望,
委实令人心悲伤。
却看他人皆得所,
自叹谋生太无方。
世道如此没奈何,
不如酣饮尽一觞!

丙辰岁八月中于下潠田舍获

丙辰岁是晋安帝义熙十二年(416),陶渊明五十二岁。下潠(xùn)田指低洼淤水的田,即诗中所说的"东林隈"。舍是指田间临时用作休息、护秋的棚屋。诗中写收获在即的喜悦,表现了作者坚持隐居躬耕十二个春秋的自豪和适意心情。

贫居依稼穑①,戮力东林隈②。 不言春作苦,常恐负所怀③。 司田眷有秋④,寄声与我谐⑤。 饥者欢初饱⑥,束带候鸣鸡。 扬楫越平湖⑦,泛随清壑回⑧。 郁郁荒山里⑨,猿声闲且哀;悲风爱静夜,林鸟喜晨开⑩。 曰余作此来⑪,三四星火颓⑫;姿年逝已老⑬,其事未云乖⑭。 遥谢荷蓧翁⑮,聊得从君栖⑯。

【注释】

① 稼穑(sè):指农业劳动。稼是耕种,穑是收获。② 戮(lù)力:尽力。东林:地名。隈(wēi):山的拐角或水湾。③ 怀:怀抱,心愿。这里指归田躬耕。④ 司田:管农事的官。眷:眷念,关心。有秋:指收成,语出《尚书·盘

庚》。⑤ 寄声：托人捎口信。谐：合。⑥ 饥者：作者自谓，因缺粮常不能饱餐。初饱：指早饭，收获活重才吃得饱一点。⑦ 扬楫(jí)：举桨，指划船。⑧ 泛：船在水中漂行叫泛。⑨ 郁郁：草木盛貌。⑩ 晨开：指晨光入林，林中雾气渐开的时候。⑪ 曰：语助词，无义。此：指收割，泛指稼穑。⑫ "三四"句：指过了十二年。星火，即火星，又称"大火"。每年农历七月以后，大火星开始向下西倾，这样反复了三四一十二次。⑬ 恣年：指青壮年。⑭ 云：语助词，无义。乖：违背。⑮ 谢：告，问。荷蓧(hè diào)翁：春秋时躬耕自食的隐者。《论语·微子》载，孔子的学生子路和孔子走散，在路上遇到一位用木杖担着竹制农具的老人（即荷蓧翁），问他见到夫子没有。老人讥讽道：四体不勤，五谷不分，谁是你的夫子！蓧，古代除草用的竹制农具。⑯ 聊：略，姑且。君：指荷蓧翁。

【翻译】

贫苦的生活要靠劳动维持，
我勤耕苦作在东林的水湾。
春耕虽累不在话下，
唯恐辜负初衷不敢稍有懈怠。
农官也关注年成好坏，
捎口信劝勤勉正合我心怀。
我起个大早愉快地吃罢一顿饱饭，
装束好等候着报晓的鸡鸣。
划着船我越过广阔的湖面，
又顺着清澈的谷涧迂回前行。

在林木茂密的深山荒野,
阵阵猿啼悠缓而凄清;
凄厉的风爱好在静夜里呼啸,
林中的鸟喜欢在晨光中飞鸣。
从我初次亲自动手收割,
到如今匆匆地过去了一十二岁;
壮年早就逝去,老年已经到来,
躬耕不止没有过丝毫违背。
我向荷蓧老人遥遥致意,
姑且算跟上您隐居到底。

赠羊长史并序

晋安帝义熙十三年(417),刘裕伐后秦,破长安,驻军关中。左将军朱石龄(即序中之"左军")派长史(将军的属官,主持幕府)羊松龄赴关中称贺。陶渊明写这首诗赠给他,时年五十三岁。

陶渊明希望国家统一,向往了却游历中原的夙愿。如今"九域甫已一",全诗没有一句应景称贺的话,却反复抒发对上古盛世和古代先贤的思念仰慕之情,反映了他对动乱的现实仍然忧心忡忡,而抱定终生不仕的决心。

左军羊长史衔使秦川①,作此与之。

愚生三季后②,慨然念黄虞③。 得知千载上,正赖古人书④。 圣贤留余迹,事事在中都⑤;岂忘游心目⑥,关河不可逾⑦。 九域甫已一⑧,逝将理舟舆⑨。 闻君当先迈⑩,负疴不获俱⑪。 路若经商山⑫,为我少踌躇⑬;多谢绮与甪⑭,精爽今何如⑮? 紫芝谁复采⑯,深谷久应芜;驷马无贳患⑰,贫贱有交娱。 清谣结心曲⑱，人乖运见疏⑲。拥怀累代下⑳，言尽意不舒㉑。

【注释】

① 衔使：奉命出使。秦川：指关中一带。② 愚：自谦之称。三季：称夏商周三代。③ 黄虞：黄帝和虞舜，泛指上古贤明的帝王。这里指上古之治世。④ 赖：依靠，凭借。⑤ 中都：中州，指黄河流域的中原地区，因历代都城建立在这一带，故称。⑥ 游心目：心想眼望。⑦ 逾（yú）：越过。⑧ 九域：九州，即天下。甫：开始。一：统一。⑨ 逝：语助词，无义。⑩ 迈：迈步，行。⑪ 疴（kē）：病。俱（jù）：共同，一起。⑫ 商山：在今陕西商州东南。⑬ 踌躇（chóu chú）：停留。⑭ 谢：告，问。绮与甪（lù）：指绮里季和甪里先生。他们同夏黄公、东园公为避秦朝乱政隐居商山，汉初都有八十多岁，被称为"商山四皓"。见《高士传》。⑮ "精爽"句：意谓请代向四皓询问，自己的精爽比之他们如何？即是否算得上继承了他们的精神。精爽：精神气魄，这里指隐居守志。⑯ 紫芝：即灵芝，菌类。传说四皓隐居采其充饥。⑰ "驷马"二句：《高士传》载绮里季等作《四皓歌》，其中有"驷马高盖，其忧甚大。富贵之畏人兮，不如贫贱之肆志"，意谓富贵有忧患，不如贫贱为乐。此化用其意。驷马：由四匹马拉的车，富贵者所乘，此代指做官。贳（shì）：远离，免除。⑱ 清谣：指《四皓歌》。心曲：内心深处。⑲ 见：被。⑳ 拥怀：怀抱感慨。累代：历代。指前述黄虞、三季后的千年。㉑ 舒：舒展。

【翻译】

　　左将军长史羊松龄奉命出使秦川，我写这首诗送给他。

我生在夏商周以后的这个时代，
不无感慨地把上古的盛世思慕。
我得知千年以前发生的事情，
完全凭借古书对历史的记述。
古圣贤们留下的遗迹，
桩桩件件都在中原一带古都；
我从未忘怀到那里游览，
无奈战乱使关山阻隔而不可逾越。
如今天下初步统一，
我正整治舟车准备上路；
听说您即将北去先我而行，
可惜我病魔缠身不能与您同去。
您如果从商山路过，
请为我稍稍停车留步；
代我向四皓的英灵多多致意，
问问我可算得上继承他们守志隐居？
在他们之后谁还会采菌度日，
那幽深的山谷只怕早已荒芜；
惟有"功名富贵势必招来忧患，
不如贫贱倒赢得无尽乐趣"的余音留传千古。
《四皓歌》在我内心深处产生共鸣，

偏偏我时运不济,圣贤的遗迹不能亲眼目睹。
在千载以后我空怀无限感慨,
对您的话已说尽,心意却远没有畅达宽舒。

怨诗楚调示庞主簿邓治中

汉乐府《楚调曲》有《怨诗行》,这首诗仿其体而作。主簿、治中皆官名。庞主簿,名遵,字通之;邓治中,名字生平不详。陶渊明与二人相知,赠诗以表心迹。诗中说"俛俛六九年",可知为五十四岁所作,时晋安帝义熙十四年(418)。

作者认为农耕是衣食保证,躬耕是善良行为,但是力耕行善得到的却是家庭破败、饥寒交迫。这并非勤劳不够,也不关鬼神天道因果报应。生活本身证明,念善未必得好报,耕作反致饥寒。作者在穷困潦倒之际,既慨叹世无知音,又表示不怨天尤人。这首诗就是这样表达了他孤独的心情,也显示他守志不移的决心。

天道幽且远①,鬼神茫昧然②。结发念善事③,俛俛六九年④。弱冠逢世阻⑤,始室丧其偏⑥;炎火屡焚如⑦,螟蜮恣中田⑧。风雨纵横至,收敛不盈廛⑨。夏日长抱饥,寒夜无被眠。造夕思鸡鸣⑩,及晨愿乌迁⑪。在己何怨天,离忧凄目前⑫。吁嗟身后名⑬,于我若浮烟。慷慨独悲歌,钟期信为贤⑭。

【注释】

① 天道：古代哲学名词，指主宰人类命运的上天意志。幽：深，玄虚。② 茫昧然：渺茫不可捉摸。③ 结发：古时男子二十岁行冠礼，开始束发，标志成年。④ 俛俛(mǐn miǎn)：勉力。⑤ 弱冠：意同"束发"，作者二十岁是晋太元九年(384)，前秦南侵，江西一带又遭灾荒。⑥ 始室：指三十岁，语出《论语·内则》。丧其偏。丧偶。作者在晋太元十九年(394)三十岁时丧前妻。⑦ "炎火"句：指大旱。炎火：夏天赤日炎炎。焚如：火烧似的。如为动词词尾，无义。⑧ 螟蜮：泛指虫害。古称吃禾茎髓的叫螟，吃禾叶的叫蜮。恣：恣意。⑨ "收敛"句：意谓收获不足以养家。廛(chán)：古时一个成年男子可占的房地面积（约二亩半）。也引申作收获量名。⑩ 造：到。⑪ 乌：指太阳。传说太阳中有三足乌。⑫ 离：同"罹"，遭受。⑬ 吁嗟(xū jiē)：叹词。⑭ 钟期：即钟子期。古代俞伯牙善弹琴，钟子期最能欣赏，子期死后，伯牙因世上无知音，就毁琴折弦不再弹琴。这里用以比拟庞、邓二人。信：诚然，真是。

【翻译】

天道幽远不可测，
鬼神渺茫不可凭。
自以成年勉行善，
五十四载竭精诚。
年方弱冠遭世乱，
结婚不久丧新人；

大旱如火烧庄稼,
田间虫害损农耕。
雨横风狂来势猛,
收成不足常苦贫。
夏天吃不饱,
冬天缺褥茵;
寒夜冷冻盼天亮,
日长饥饿盼天暝。
饥寒由命不怨天,
遭逢忧患暗伤神。
死后声名亦可叹,
对我好比烟云轻。
慷慨悲歌歌一曲,
君是钟期定知音。

咏贫士（七首选二）

《咏贫士》共七首。第一首泛咏贫士，借以自喻；第二首自咏；其后五首分咏古代著名的贫士安贫守志，以抒发自己不慕名利的情怀。这组诗是陶渊明在宋武帝永初元年（420）五十六岁时写的。这里选了其中前两首。

其 一①

万族各有托，孤云独无依；
暧暧空中灭②，何时见余晖③？
朝霞开宿雾④，众鸟相与飞；
迟迟出林翮⑤，未夕复来归。
量力守故辙⑥，岂不寒与饥？
知音苟不存⑦，已矣何所悲⑧！

【注释】

① 此诗原列第一首。当时，刘宋取代了晋朝。作者在诗中以众鸟隐喻趋附新朝的群像，以无依无靠的孤云和迟出早归的孤鸟自喻固穷守志。其中有对本朝沦亡的叹惋，也有守志不阿的高洁志趣。② 暧暧：昏暗貌。③ 余

晖:指孤云残留的光影。④宿雾:夜雾。⑤翮(hé):鸟翅,这里借代鸟。⑥故辙:旧路。⑦苟:如果。⑧已矣:犹算了吧。

【翻译】

　　自然界的万物各有依靠,
　　只有孤云一片无靠无依。
　　它在高空中暗然消逝,
　　什么时候才能再见到它的光辉?
　　灿烂的朝霞驱散了夜雾,
　　成群的鸟儿结伴齐飞。
　　其中一只鸟迟迟地飞出森林,
　　天还没黑又独自飞回。
　　衡量自己的能力只能走贫贱的老路,
　　忍饥受寒自然也无须后悔。
　　世界上如果没有知音存在,
　　与仕途决绝算了不必伤悲。

其 二①

凄厉岁云暮②,拥褐曝前轩③;
南圃无遗秀④,枯条盈北园。
倾壶绝余沥⑤,窥灶不见烟;
《诗》《书》塞座外⑥,日昃不遑研⑦。
闲居非陈厄,窃有愠见言⑧。
何以慰吾怀? 赖古多此贤。

【注释】

① 此诗原列第二首。诗人写自己衣单身寒、断酒绝粮的生活窘况,哀怨之情溢于言表。末二句写从古代贫士那里找到慰藉,表示要坚定地固穷守节,并引出下面分咏古代著名贫士的五首诗。② 云:语助词,无义。③ 曝(pù):晒。前轩:堂前屋下的平台。④ 南圃:犹南亩,指农田。秀:穗。⑤ 余沥(lì):剩酒。⑥ 诗书:指《诗经》、《尚书》,这里泛指儒家经典。⑦ 昃(zè):太阳偏西。遑:闲暇。⑧ "闲居"二句:孔子为实现自己的政治理想,四处奔波,一次被困陈国,绝粮。他的学生子路埋怨他自找苦吃。见《论语·卫灵公》。厄:困穷。窃:谦指自己的意见。愠:怨恨。

【翻译】

寒风刺骨已经到了年冬,
我紧裹粗布衣晒太阳在那堂前的台沿。
田地里没有留下一株稻穗,
败叶枯枝布满了后园。
倒倾酒壶不见一滴剩酒,
看看灶口也早已断了炊烟;
把《诗经》、《尚书》统统搁到一边,
时过正午腹内空空顾不上读书钻研。
我闲居挨饿虽不能和孔子在陈国断粮相比,
却也免不了发发牢骚说几句怨言。
用什么安慰我清苦的怀抱?
多亏古书中那许多清贫守志的先贤。

拟　古（九首选六）

《拟古》诗共九首，多为感讽时事而作。最后一首写道："种桑长江边，三年望当采。枝叶始欲茂，时值山河改。"其寓意明显。刘裕幽禁晋安帝而立恭帝在义熙十四年(418)，至元熙二年(420)逼恭帝让位自立，以宋易晋，改元永初，前后正好跨三个年头。从这组诗的内容看，或感叹晋恭帝托人不当，山河改易；或感慨士人趋附新政，世态炎凉；或追慕古人节义，重申不仕的决心。因此这组诗和《咏贫士》当写在同一时期。这里选了其中六首。

其　一①

荣荣窗下兰，密密堂前柳②。初与君别时③，不谓行当久。出门万里客，中道逢嘉友④。未言心先醉，不在接杯酒⑤。兰枯柳亦衰，遂令此言负⑥。多谢诸少年⑦：相知不忠厚，意气倾人命，离隔复何有⑧！

【注释】

① 此诗原列第一首。作者借对负约未归的远行游子

的怨恨,抒发对当时一些轻易初心、不守信义的人的不满。②"荣荣"二句:写别时所见庭前景物,引以起兴。兰取其贞洁,柳取其惜别。荣荣:繁盛貌。③君:指出门的朋友。④中道:中途。嘉友:好友。⑤"未言"二句:是说未经短暂交谈便一见倾心,意谓交友轻率。心醉:犹倾心。接:交接,接触。⑥此言:指离别时的诺言。负:背弃。⑦谢:告诉。后三句为诗人语。⑧"意气"二句:谓意气相投即使丧命也在所不惜,哪还有离别即变心的事情发生。倾人命:犹言送命。倾:覆亡。何有:有何难。

【翻译】

郁郁葱葱窗下的兰,
密密丛丛堂前的柳。
当初和你依依惜别,
没听你说要去很久。
你出门就远游他乡,
半路上结识了好朋友。
你们一见倾心如痴如醉,
毋需杯酒言欢真情交流。
兰枯柳衰光阴渐逝,
不久重逢的诺言你全抛脑后。
我谆谆告诫少年朋友:
这样的友情太不忠厚,
朋友的意气相投彼此且可牺牲性命,
短暂的离别又何难之有!

其 二①

辞家夙严驾②,当往至无终③。
问君今何行④,非商复非戎。
闻有田子泰⑤,节义为士雄。
斯人久已死⑥,乡里习其风。
生有高士名,既没传无穷⑦。
不学狂驰子⑧,直在百年中⑨。

【注释】

① 此诗原列第二首。作者托言远访高士田子泰故乡,表示敬慕节义之士,同时讽刺当时士人不顾节义,追逐名利的行为。② 夙:早。严:急。③ 无终:古县名,在今天津蓟县。④ 君:作者自谓。⑤ 田子泰:名畴,子泰是他的字,东汉无终人,为人重节义,不出仕,晚年隐居徐无山,随附者众,遂定法规,办学校,于是地方大治。见《三国志·魏书·田畴传》。⑥ 斯人:此人,指田子泰。⑦ 既没:已死。⑧ 狂驰子:指趋炎附势,争名逐利的人。⑨ 直:只,仅。百年:指人的一生。

【翻译】

早起驾车出远门,
朝北远去无终县。
若问此行做什么,
不从军,不经商,不为名和钱。

听说有个田子泰,

有信义,有气节,士林英名显。

虽然此人早已死,

乡里遗风总不减。

我羡慕他生前世上扬美名,

我羡慕他死后节义传久远。

不学那帮"狂驰子",逐利又求荣,

生前名噪死无闻,犹如昙花现。

其 三①

仲春遘时雨②,始雷发东隅③。

众蛰各潜骇④,草木纵横舒。

翩翩新来燕⑤,双双入我庐。

先巢故尚在⑥,相将还旧居⑦。

"自从分别来,门庭日荒芜;

我心固匪石⑧,君情定何如⑨?"

【注释】

① 此诗原列第三首。作者写归来的春燕对旧巢怀有深厚的感情,并借燕子的问语,表达了他隐居不仕的决心。② 仲春:指农历二月。遘:逢。③ 东隅:东边。古人以东方为春。④ 蛰:动物冬眠。这里指冬眠的动物。潜:藏。骇:惊。⑤ 翩翩:轻飞貌。⑥ 先巢:故巢,旧巢。故:仍旧。⑦ 相将:相偕。⑧ "我心"句:《诗·邶风·柏舟》载:"我心匪石,不可转也。"是说我的心并非石头,是不可转动的。

意谓信念坚定,不可动摇。匪:非。⑨君:指作者。"自从"后四句作燕语,作者借燕语以抒己志。

【翻译】

二月喜逢及时雨,
春雷滚响东边天。
冬眠动物都惊醒,
草木发芽枝叶展。
燕子轻飞新近回,
成对进我屋里面。
旧巢完好依然在,
结伴而还把家安。
燕子问:"自从年前分别来,
眼见门庭渐荒残;
我恋旧栖心不变,
您常居家情可坚?"

其　　四①

日暮天无云,春风扇微和②。
佳人美清夜③,达曙酣且歌④。
歌竟长叹息⑤,持此感人多⑥。
皎皎云间月⑦,灼灼叶中华⑧。
岂无一时好,不久当如何。

【注释】

① 此诗原列第七首。这首诗慨叹青春易逝,好景不长。很可能是为晋恭帝在位仅短短三年被迫让位而发。② 扇:吹,用作动词。③ 美:喜爱。④ 达曙:通宵达旦。⑤ 竟:毕,尽。⑥ 此:指上述宴乐之事。⑦ 皎皎:光明貌。⑧ 灼灼:鲜明光耀貌。华:同"花"。

【翻译】

入夜晴空万里无云,
春风习习吹送温馨。
美人爱这清朗之夜,
畅饮欢歌直到天明。
曲终兴尽长声叹息,
万般感慨此情此景。
云间明月皎洁如盘,
绿叶丛中繁花似锦。
纵使今宵月圆花好,
好景不长令人揪心。

其　五①

少时壮且厉,抚剑独行游。

谁言行游近？张掖至幽州②。

饥食首阳薇,渴饮易水流③。

不见相知人,惟见古时丘④。

路边两高坟,伯牙与庄周⑤。

此士难再得⑥,吾行欲何求。

【注释】

① 此诗原列第八首。作者在诗中虚拟少壮远游,遍寻而不得知己,讽刺当时世风丧败,慨叹没有人了解自己。② 张掖:郡名,治所在今甘肃张掖西北。幽州:在今河北东北部,晋时州治在今河北涿县。③ "饥食"二句:作者用伯夷、叔齐和荆轲的故事表达对古代节义之士的追慕。《史记·伯夷列传》载:伯夷、叔齐在商亡后不食周粟,隐居首阳山,靠一种叫薇的野菜充饥,最后饿死。古人多以为义举。荆轲故事参见本书《咏荆轲》诗及提示。④ 丘:坟墓。⑤ 伯牙:俞伯牙。参见《怨诗楚调示庞主簿邓治中》诗"钟期"注。庄周:即庄子。《淮南子·修务训》载:庄周善辩,惠施知音。惠施死后,庄周不再发议论。⑥ "此士"句:此士指伯牙、庄周。是说自己善知音,却无可听之言,意谓没有知己。

【翻译】

年青时我体魄健壮性情刚烈,

为寻知己独自仗剑四方遨游。
我走过的路程漫长而辽阔,
从张掖直到幽州。
饿了,采几丛夷、齐吃过的野菜充饥,
渴了,掬一捧送别荆轲的易水润喉。
苦寻觅没有遇到半个活着的知己,
我所仰慕的古人一个个早进荒丘。
曾见过路边有两座高坟,
那里埋葬着琴师伯牙辩士庄周。
如今世上已没有知音的人,
我毋须再枉自奔走四处寻求。

其 六①

种桑长江边,三年望当采②。
枝条始欲茂,忽值山河改。
柯叶自摧折,根株浮沧海③。
春蚕既无食,寒衣欲谁待④?
本不植高原⑤,今日复何悔!

【注释】

① 此诗原列第九首。这首诗以桑喻晋,恭帝托身刘裕,犹桑种长江边,植根不固,以致沦丧,咎由自取。② "三年"句:桑树三年成熟,叶方可喂蚕。③ 沧海:大海,此指东海。④ 谁待:即"待谁"。⑤ 本:根。植:种。

【翻译】

种桑种在长江边,
指望三年把叶采。
正当枝叶刚繁茂,
江水横溢山河改。
别说枝叶尽摧折,
连根带干飘东海。
无桑春蚕怎作茧,
没茧冬衣从哪来?
根不扎在高原上,
时至今日有何悔!

桃花源记并诗

这篇作品是陶渊明晚年所作,大约与《拟古》诗写在同一时期。这时陶渊明弃官乡居已经十多年,他在作品里描绘了一幅没有战乱、没有剥削、人人劳动、平等自由以及社会风气淳厚、人际关系友好和睦的农村乐园的生活图景,通过它来表现自己的社会理想,同时也表达对混乱的现实社会的不满和否定。根据历史文献的记载,在混乱的魏、晋三百余年间,确有许多劳动人民避乱入山,可见作者描写的理想境界,是有现实生活依据的。作者写桃花源的情形真切动人,这与他长期生活在农村劳动人民中间有密切关系。《桃花源记并诗》是陶渊明的重要作品,在中国古典文学中有很高的地位。

晋太元中①,武陵人捕鱼为业②。缘溪行,忘路之远近。忽逢桃花林,夹岸数百步,中无杂树,芳草鲜美,落英缤纷③。渔人甚异之,复前行,欲穷其林④。

林尽水源,便得一山。山有小口,仿佛若有光。便舍船⑤,从口入。初极狭,才通人。复行数十步,豁然开朗⑥。土地平旷,屋舍俨然⑦。有良田美池桑竹之属。阡陌交通⑧,鸡犬相闻。其中往来种作,男女衣著,悉如外人⑨。黄发垂髫⑩,并怡然自乐⑪。

见渔人,乃大惊,问所从来,具答之。便要还家⑫,设酒杀鸡作食。村中闻有此人,咸来问讯⑬。自云先世避秦时乱⑭,率妻子邑人来此绝境⑮,不复出焉,遂与外人间隔⑯。问今是何世,乃不知有汉⑰,无论魏、晋⑱。此人一一为具言所闻⑲,皆叹惋。余人各复延至其家⑳,皆出酒食。停数日,辞去。此中人语云㉑:"不足为外人道也㉒。"

既出,得其船,便扶向路㉓,处处志之㉔。及郡下㉕,诣太守说如此㉖。太守即遣人随其往,寻向所志㉗,遂迷不复得路㉘。

南阳刘子骥㉙,高尚士也,闻之,欣然规往㉚。未果㉛,寻病终㉜。后遂无问津者㉝。

嬴氏乱天纪㉞,贤者避其世。黄绮之商山㉟,伊人亦云逝㊱。往迹浸复湮㊲,来径遂芜废㊳。相命肆农耕㊴,日入从所憩㊵。桑竹垂余荫,菽稷随时艺㊶。春蚕收长丝,秋熟靡王税㊷。荒路暧交通㊸,鸡犬互鸣吠。俎豆犹古法㊹,衣裳无新制㊺。童孺纵行歌㊻,斑白欢游诣㊼。草荣识节和㊽,木衰知风厉㊾。虽无纪历志㊿,四时自成岁。怡然有余乐㊿¹,于何劳智慧㊿²?奇踪隐五百㊿³,一朝敞神界。淳薄既异源,旋复还幽蔽㊿⁴。借问游方士㊿⁵,焉测尘嚣外㊿⁶?愿言蹑轻风㊿⁷,高举寻吾契㊿⁸。

【注释】

① 太元：东晋孝武帝（司马曜）年号（376—396）。② 武陵：郡名，郡治在今湖南常德。③ 落英：落花。④ 穷：尽，走完。⑤ 舍：离开。⑥ 豁然：开阔貌。⑦ 俨(yǎn)然：整齐貌。⑧ 阡陌(qiān mò)：田间的小路。南北方向称阡，东西方向叫陌。交通：纵横交错。⑨ 悉：都。⑩ 黄发：指老人。年岁大了头发白后转黄。垂髫(tiáo)：指儿童。古代儿童头上下垂的短发称髫。⑪ 并：都。怡然：愉悦貌。⑫ 要(yāo)：同"邀"。⑬ 咸：都。⑭ 自云：指桃源人自己说。⑮ 邑人：同乡人。⑯ 间隔：隔离而断绝往来。⑰ 乃：却，竟然。⑱ 无论：更不用说。⑲ 为(wèi)：给。具言：完备陈述。⑳ 延：引进，请。㉑ 语(yù)：告诉。㉒ 不足：不宜，不必。道：说。㉓ 扶：沿着。向路：原路。㉔ 志：标记。㉕ 及：到。郡下：郡城里。㉖ 诣(yì)：往，拜见。太守：郡的行政长官。㉗ 向：原先。㉘ 遂：竟然。㉙ 南阳：郡名，郡治在今河南省南阳市。刘子骥：名骥之，子骥是他的字。高尚不仕，好游山水。参见《晋书·刘骥之传》。㉚ 规：计划。㉛ 果：实现。㉜ 寻：不久。终：指死。㉝ 问津：问路。这里谓访求，探寻。参见《癸卯岁始春怀古田舍诗》"行者"句注。㉞ 嬴氏：指秦始皇，姓嬴名政。㉟ 黄绮：指夏黄公和绮里季。参见《赠羊长史》"绮与甪"注。㊱ 伊人：指最初来到桃花源的人。云：语助词。㊲ 浸：逐渐。湮(yān)：淹没。㊳ 径：路。㊴ 相命：互相招呼。肆：尽力。㊵ 从：听任。憩(qì)：息。㊶ 菽稷(jì)：泛指五谷粮食。菽，豆类的总称。稷，高粱。一说谷子。时：

季节。艺：种植。㊷ 靡(mí)：没有。㊸ 暧：昏暗不明。这里是遮蔽阻碍的意思。交通：往来，行走。㊹ 俎(zǔ)豆：古代祭祀的礼器。俎用来载牲，豆用来盛食物。这里指祭祀的仪式。犹：仍然。㊺ 制：样式。㊻ 孺(rú)：幼儿。纵：尽情。㊼ 斑白：发色黑白相杂，指老人。㊽ 节和：季节暖和。㊾ 厉：猛烈，凛冽。㊿ 纪历志：岁时的记载，指历书。㊿ 余乐：不尽的快乐。㊿ 于何：在哪里。㊿ 奇踪：奇迹，指桃源。五百：五百年。从秦至东晋太元年间历六百余年，此是概数。㊿ 旋复：随即又。㊿ 游方士：指世俗之人。方：方内，尘世中。㊿ 测：料知。㊿ 言：语助词。蹑(niè)：踏，乘驾。㊿ 契：投和。

【翻译】

晋太元年间，武陵地方有一位靠捕鱼为生的人。一天，他撑着船儿顺着溪流前行，竟忘记走了多远。忽然，眼前出现了一片桃花林，桃林沿着溪水两岸广延几百步，林中没有一棵别的树，鲜嫩的青草散着芳香，缤纷的花瓣撒满草地。渔人十分惊异眼前的景色，他继续向前，想走完这片桃林看个究竟。

桃林的尽头就是溪水发源的地方，就在这里，一座山横在渔人面前。山有小洞，洞内隐隐约约透出一些亮光。渔人离船上岸，从洞口进去。洞子起初很狭窄，刚容一人通过。再往前走了几十步，眼前突然开阔明朗。只见土地平整广阔，房屋整整齐齐，有肥沃的土地，美丽的池塘，长着桑树、翠竹。田间的小路纵横交错，村落间能听见鸡鸣狗叫的声音。那些来来往往耕种劳作的人，不论男女，衣着打扮都和外域的人一样。黄发的老人和垂发的儿童也个个无忧无虑，自得其乐。

他们看到渔人，非常惊讶，问渔人从什么地方来，渔人一一作了回答。有人就邀请渔人到家里，杀鸡、做饭，拿出酒来款待他。村里的人听说来了这样一位客人，都赶来打听消息。他们自己介绍说，他们的祖先因躲避秦的暴虐，带着妻子儿女和同乡人一道来到这与外界隔绝的地方，再也没有从这里出去，于是和外面的人断了往来。他们问现在世上的情况，竟然不知道有个汉朝，更不必说魏朝和晋朝了。渔人把自己知道的一桩桩一件件详细说给他们听，大家感慨叹息不止。其余的人又轮流邀请渔人到自己家里，用酒菜饭食招待他。渔人在这里住了几天，向众人告辞。桃花源中的人叮嘱渔人说："我们的情况用不着对外边的人提起啊。"

渔人出了洞子，找到自己的船，便沿着来时的路返回，一路上处处做上记号。他到了武陵郡城里，拜见太守报告了自己的所见所闻。太守立刻派人跟随渔人去找桃花源，但原先所作的记号竟然没有踪影，再也找不到那条路了。

南阳地方有个叫刘子骥的，是个高人雅士，听说这件事，很高兴地打算去找桃花源。他还没来得及成行，就生病去世。以后便再也没有人去探寻桃花源了。

秦王施暴政搅乱了纲纪，
贤良的人们纷纷躲避。
夏黄公四贤人隐居商山，
逃奔桃源的人从此消声匿迹。
去时踪迹随同岁月消逝，
来桃源的路也荒芜而无从寻觅。
桃源人努力耕耘相互鼓励，
太阳落回家去自由歇息。
桑竹茂密连成荫，
栽种五谷随节气。
春天里自收获长长茧丝，
秋稼熟没有官税催逼。
荆草丛生将道路遮蔽，
此起彼应的是狗叫鸡啼。
古老的祭祀仪式在这里延续，
服饰打扮仍保持旧时的样式。
顽童跳跳蹦蹦放声歌唱，
老人高高兴兴串门游憩。
青草茂盛报道春和日暖，
树木凋谢预示寒冬又至。
虽不曾有年岁时节记载，
寒来暑往一年自有四季。
人们生活安适快乐无穷，
何须耍弄智谋费尽心计。
奇异踪迹深藏五六百年，
一旦敞露便呈神仙境地。

淳朴和浇薄世风本不同源,
因此门刚敞开又即刻关闭。
试问那人世间的凡夫俗子,
你可知尘世外竟有这般奇迹?
但愿我能乘清风高高飞起,
去寻觅志同道合的桃源知己。

游斜川并序

斜川在庐山附近。据序说这首诗作于辛酉,辛酉年即宋武帝永初二年(421),陶渊明五十七岁。此时作者已近风烛残年,前一年晋宋易代也给予他强烈刺激,因此作品在描写赞美斜川一带的自然风光的同时,抒发了他晚年的苦闷心情,也寄托了他孤高不群,坚贞挺拔的情操。作品的序是一篇精美的山水游记,诗文辉映,言情并茂,浑然天成。

辛酉正月五日,天气澄和①,风物闲美②,与二三邻曲③,同游斜川。临长流,望曾城④;鲂鲤跃鳞于将夕,水鸥乘和以翻飞⑤。彼南阜者⑥,名实旧矣⑦,不复乃为嗟叹。若夫曾城⑧,傍无依接,独秀中皋⑨;遥想灵山⑩,有爱嘉名⑪。欣对不足⑫,率尔赋诗⑬,悲日月之遂往⑭,悼吾年之不留。各疏年纪、乡里⑮,以记其时日。

开岁倏五日⑯,吾生行归休⑰;念之动中怀⑱,及辰为兹游⑲。气和天惟澄⑳,班坐依远流㉑;弱湍驰文鲂㉒，闲谷矫鸣鸥㉓。迥泽散游目㉔，缅然睇曾丘㉕；虽微九重秀㉖，顾瞻无匹俦㉗。提壶接宾侣㉘，引满更献酬㉙；未知从今去，当复如此不㉚？中觞纵遥情㉛，忘彼千载忧㉜；且极今朝乐，明日非所求。

【注释】

① 澄和：澄清和暖。② 风物：这里指斜川特有的景物。闲：闲静。③ 邻曲：邻居。④ 曾城：山名。⑤ 和：和风，春风。⑥ 南阜：指庐山。阜，山。⑦ 名实：这里指庐山的美名和美景。⑧ 若夫：至于。⑨ 皋：沼泽。⑩ 灵山：仙山，指传说中昆仑山的曾城，神仙所居。见《后汉书·张衡传》注引《淮南子》。⑪ "有爱"句：意谓眼前的曾城山与昆仑山的仙居同名，由此想到彼，又因彼名爱及此。⑫ 对：对答，犹议论。⑬ 率尔：此意谓随即，立刻。⑭ 遂往：即逝。往，逝去。⑮ 疏：分条记上，写上。⑯ 倏(shū)：忽，急速。⑰ 行：将近。归休：指死亡。⑱ 之：指"吾生行归休"。中怀：内心。⑲ 及辰：及时。兹：此。⑳ 惟：语助词，加强判断。㉑ 班坐：依次列坐。依：傍偎，靠着。㉒ 弱湍：舒缓的水流。文：花纹，彩色。㉓ 矫：飞。㉔ 迥泽：广阔的湖沼。散：放纵。㉕ 缅然：沉思貌。睇(dì)：注视。曾丘：指眼前的曾城山。㉖ 微：无。九重：指昆仑的曾城山，传说山有九重。㉗ 匹俦：匹配，匹比。俦，同类。㉘ 接：接待。㉙ 引满：指注满酒杯。更：轮流。献酬：敬酒。㉚ 不：同"否"。㉛ 中觞：酒喝到中途。纵：放开。遥情：超然世外之情。㉜ 千载：犹言"三季后"。参见《赠羊长史》诗。

【翻译】

辛酉年正月五日,天气晴朗和暖,风物闲静优美。我同两三位邻居,一起游览斜川。我们站在悠然远逝的溪流边,眺望曾城山;夕阳中鲂、鲤跃出水面鳞光闪闪,水鸥乘着煦和的轻风上下翻飞。说到那庐山,已为人们熟知,也就不再为它迷人的景色赞叹。至于曾城山,旁无依托,周围没有别的山同它连接,在平川湖沼之中拔地而起,秀丽无比;想到昆仑山也有一座神仙住的曾城,就更加喜欢眼前这座山的美名。我们这样愉快地议论着,仍觉不足以尽情,接着就赋诗,抒发自己对岁月易逝的伤感,寄托对年华不再的哀叹。然后各位游伴分条写上年龄、籍贯,以记述这一天的情事。

开年转眼到了第五天,
时间过得真快,我的生命已经接近尽头。
想到这一切,自觉心情激动,
不如趁着良辰作一次斜川之游。
天气晴朗碧空如洗,
我和游伴们依序而坐偎傍着溪流;
潺湲的溪水中各色鱼群疾游而过,
静谧的空谷间矫健地回翔着鸣鸥。
放眼湖沼平川我视野无限辽阔,
凝视着曾城山我沉思良久;
它虽然没有昆仑山曾城九重那样秀美,

看起来这周围也没有一处可与它匹俦。
提着酒壶我款待同来的游伴,
斟满酒杯我们轮番劝酒,
不知从今后,
还能如此否?
酒至半酣超世的情怀无比舒畅,
把衰世以来千年愁思全然抛诸脑后;
姑且尽情享受今天的欢乐,
至于明朝是喜是忧我毫无所求。

咏 荆 轲

《咏荆轲》和《陶渊明集》中的《咏二疏》、《咏三良》都是咏史诗。诗体相同、内容又互相阐发,当是同一时期的作品。清人陶澍认为《咏三良》一诗为悼张祎不忍向零陵王进毒而自饮先死(见《靖节先生集》卷四),这件事发生在南朝宋永初二年(421),时渊明五十七岁。《咏荆轲》就写在这一年或前后不久。

这首诗写荆轲刺秦王的历史故事。荆轲,战国时卫人,自齐国入燕,燕人称之为荆卿。荆轲尚侠义,好剑术,燕太子丹待他为上宾。秦兵东侵,先后灭了韩、赵等国。燕国感到祸将及己,而国小力微,难以抗御。太子丹决计行刺秦王嬴政,以遏止秦师东进。荆轲为报知遇之恩,答应了太子丹的请求,假借燕向秦割让督亢之地,以献地图为名,藏匕首于图中,意在劫持秦王,令其就范。临行时,太子丹率众宾客,皆白衣素冠,于易水(今河北境内)旁为荆轲饯行。荆轲入秦后事败被杀。事详见《史记·刺客列传》。这首诗成功地塑造了一个除暴勇士的生动形象,歌颂了荆轲不畏强暴的侠义行为,对他的失败表示了惋惜。

燕丹善养士①,志在报强嬴②。招集百夫良③,岁暮得荆卿。君子死知己,提剑出燕京④。素骥鸣广陌⑤,慷慨送我行⑥。雄发指危冠⑦,猛气冲长缨⑧。饮饯易水上,四座列群英。渐离击悲筑⑨,宋意唱高声⑩。萧萧哀风逝,淡淡寒波生⑪。商音更流涕⑫,羽奏壮士惊⑬。心知去不归,且有后世名⑭。登车何时顾⑮,飞盖入秦庭⑯。凌厉越万里⑰,逶迤过千城⑱。图穷事自至⑲,豪主正怔营⑳。惜哉剑术疏㉑,奇功遂不成!

其人虽已没㉒,千载有余情㉓。

【注释】

① 燕丹:燕国太子,名丹。士:指春秋战国时诸侯的门客。② 强嬴:暴秦。嬴:秦王的姓。③ 百夫良:能敌百人的勇士。④ 燕京:燕国的都城。⑤ 素骥:白马。史载送别者皆白衣冠。白衣白帽为丧服,穿丧服送行,知荆轲难以生还并激励其志。这里作"素骥"也是这个意思。⑥ 慷慨:充满正气,情绪激昂。我:拟荆轲自称。⑦ 雄发:怒发。指:撑起。危:高。⑧ 缨:系冠的丝带。⑨ 渐离:高渐离,燕国人,与荆轲友善。饯别荆轲时高渐离击筑,士皆涕泣。荆轲刺秦王失败后,高渐离因善于击筑得亲近秦始皇,以铅置筑中行刺始皇,不遂而被杀。见《史记·刺客列传》。筑:一种与筝相似的乐器,十三弦,颈细而曲。⑩ 宋意:燕国勇士。易水送别荆轲时,他和筑高歌。见《淮南子·泰族训》。⑪ "萧萧"二句:《史记·刺客列传》载,荆轲临行时曾高歌道:"风萧萧兮易水寒,壮士一去兮不复

还。"是说面对悲号的寒风和凛冽的易水发誓,我此去决不生还。此用其意。萧萧:风声。淡淡:水摇动貌。⑫ 商音:古代乐调分宫、商、角、徵(zhǐ)、羽五个音阶,商音调子比较凄凉。⑬ 羽奏:奏羽音。羽音调子激越慷慨。⑭ 且:将。⑮ 顾:回头看。⑯ 盖:车盖。借指车马。⑰ 凌厉:奋勇直前貌。⑱ 逶迤(wēi yí):道路曲折漫长貌。⑲"图穷"句:地图展开到尽头,行刺的事自然发生了。荆轲入秦,给秦王献上督亢地图,当地图全部展开,预先藏在图里的匕首露了出来。荆轲于是左手抓住秦王的衣袖,右手取匕首刺秦王。秦王挣断袖子绕着柱子跑。荆轲终被秦王所杀。详见《史记·刺客列传》。⑳ 豪主:指秦王,即秦始皇。怔(zhēng)营:惊恐状。㉑ 剑术疏:剑术不精。㉒ 其人:指荆轲。没:死,死亡。㉓ 余情:豪情不尽,精神不死。

【翻译】

燕丹太子爱侠客,
立志雪耻抗暴秦。
广募能敌百人的骁勇士,
年终喜得有情有义的勇荆卿。
自古士为知己死,
荆轲手提利剑出燕京。
宽阔的大道上奔驰着一匹匹长啸的白马,
众知己情怀激昂地为赴死的勇士来送行。
同仇敌忾怒发上冲冠,
血性男儿猛气冲长缨。
易水边设酒饯别壮行色,

四座上环列着燕国众精英。
高渐离击筑声音多悲壮,
宋意引吭高歌歌声遏行云。
萧瑟的北风呵,发出阵阵哀号,
寒冷的易水呵,泛起淡淡的波纹。
凄恻哀婉的商声催人落泪,
慷慨激越的羽音令人心惊。
明知道此行九死一生难回还,
盼只盼史册永载烈士名。
毅然登车不反顾,
满载豪气驰秦庭。
勇往直前越万里,
蜿蜒奔波过千城。
佯献图图穷匕首现,
霎时间豪主震恐秦庭惊。
只叹剑术尚不精,
功败垂成热血倾!
荆轲呵荆轲,你虽然久已离开人世,
你大无畏的抗暴精神却与世长存。

读《山海经》(十三首选四)

这组诗共十三首,是诗人读《山海经》、《穆天子传》等书有感而作,这里选了其中四首。《山海经》是一部记叙古代神话传说和海内外山川异物的书;《穆天子传》也是神话传说,记叙周穆王驾八骏西巡的故事。诗人借古咏今,以两本书所载传说中的奇闻异事,抒发自己的壮志豪情和对现实的感慨。组诗相当完整,第一首总起,第二至第十二首分别吟咏,末篇总结历史教训,慨叹东晋用人不当招致灭亡。这组诗为陶渊明在刘裕杀害晋恭帝次年,即宋武帝永初三年(422)写的,时年五十八岁。

其 一①

孟夏草木长②,绕屋树扶疏③。
众鸟欣有托④,吾亦爱吾庐。
既耕亦已种,时还读我书。
穷巷隔深辙,颇回故人车⑤。
欢言酌春酒⑥,摘我园中蔬。

微雨从东来,好风与之俱。
泛览周王传⑦,流观山海图⑧。
俯仰终宇宙⑨,不乐复何如。

【注释】

① 此诗原列第一首,写诗人隐居耕读的乐趣,为组诗的序诗。② 孟夏:初夏,农历四月。③ 扶疏:枝叶纷披貌。④ 托:依托,指寄身之所。⑤"穷巷"二句:住在僻巷远离大路车马难行,常使来访的老友掉转车头。意思是说很少与外界交往。穷巷:僻巷。深辙:深深的车痕,指大路。辙是车轮的辗痕。⑥ 春酒:冬酿酒,春始成,故称。⑦ 周王传:即《穆天子传》。⑧ 山海图:即《山海经》图,根据《山海经》故事绘制。据说汉代以前就有了,晋代郭璞为该书作注,并作图赞。⑨ 俯仰:俯仰之间,极言为时短暂。终:穷,尽。

【翻译】

入夏草木生机勃勃,
绿树绕屋枝叶四布。
群鸟筑巢安栖绿荫,
我也钟爱我的草屋。
农忙时节耕种已罢,
回家歇息得闲读书。
住处偏僻车马难通,
老友大驾望而却步。
冬酿美酒取出痛饮,

摘食园中自种菜蔬。

天上飘下毛毛细雨,

东风相伴使我心舒。

泛泛翻阅《穆天子传》,

时时浏览《山海经》图。

顷刻之间遍游宇宙,

悠闲自在岂不乐乎。

其 二①

夸父诞宏志②,乃与日竞走③;

俱至虞渊下④,似若无胜负。

神力既殊妙⑤,倾河焉足有⑥!

余迹寄邓林⑦,功竟在身后⑧。

【注释】

① 此诗原列第九首。作者赞美了夸父的雄心壮志和非凡的毅力,他虽壮志未酬,功绩和精神永垂后世。② 夸父:神话人物。夸父追赶太阳,一直追到虞渊,口渴,把黄河和渭河的水喝干了不能止渴,准备到北方喝大泽的水,中途渴死,丢弃他的手杖,化为邓林。见《山海经·海外西经》及《大荒北经》。诞:夸口。③ 乃:竟然。④ 虞渊:传说中的日落处。⑤ 殊:不同寻常。⑥ 河:指黄河。⑦ 余迹:遗迹,指夸父所弃手杖。寄:存留。邓林:古代传说中的大森林。⑧ 竟:完成。

【翻译】

夸父立下宏图大志,
竟与太阳比赛速度;
同时跑到日落之处,
彼此似乎不分胜负。
夸父本领实在神奇,
喝干黄河哪有个够!
渴死弃杖化作邓林,
功绩成于身死之后。

其 三①

精卫衔微木,将以填沧海②。
刑天舞干戚,猛志固常在③。
同物既无虑,化去不复悔④。
徒设在昔心⑤,良晨讵可待⑥!

【注释】

① 此诗原列第十首。作品歌颂了精卫和刑天的顽强的斗争精神,是鲁迅所说的"金刚怒目"式的诗篇。诗人惋惜精卫、刑天壮志不能实现,寄托了自己空怀抱负的慷慨不平的心情。② "精卫"二句:《山海经·北山经》载,炎帝的少女女娃,游于东海而被溺死,化为鸟,名精卫,衔西山木石以填沧海。微木:细木。沧海:大海。③ "刑天"二句:《山海经·海外西经》载,有兽名刑天,与帝争神,被帝

断首,于是它以乳为目,以脐为口,挥干戚而舞。干:盾。戚:斧。固:本来。④ "同物"二句:"同物"、"化去"都指女娃、刑天死后化为异物,生死本无差别,意即《庄子·齐物论》中所谓的"物化"。参见该书。⑤ "徒设"句:徒有过去的雄心壮志。⑥ 良晨:指实现壮志的日子。讵:岂。待:等待。

【翻译】

精卫鸟衔着小石细枝飞去飞来,
要用它们填平大海。
刑天挥动巨斧盾牌,
被砍断了头颅壮志依然存在。
既然生前毫无顾虑,
死后有什么可大惊小怪。
他们空有昔日的壮志满怀,
那偿愿的大好时光岂能到来!

其　　四①

岩岩显朝市②,帝者慎用才。
何以废共鲧③,重华为之来④。
仲父献诚言,姜公乃见猜⑤;
临没告饥渴⑥,当复何及哉⑦!

【注释】

① 此诗原列第十三首,是一篇论史性质的诗篇。诗

中说明亲贤去奸而国家兴旺,亲奸疏贤而国家灭亡。"帝者慎用才"是作者对历史教训的总结,也是对东晋用人不当遭致灭亡的慨叹。② 岩岩:高峻威严貌,这里代指大臣们。语出《诗经·小雅·节南山》。朝市:复词偏义,这里指朝廷。③ 共(gōng)鲧(gǔn):指尧臣共工和鲧,他们与欢兜、三苗并称"四凶",舜继位后均被废斥。见《尚书·尧典》《山海经·海内经》等。④ 重华:指虞舜,尧臣,后尧让位给舜,舜废斥"四凶"。之:代废共、鲧的事。来:语助词,无义。⑤ "仲父"二句:管仲向齐桓公进献诚挚之言,反而被桓公猜疑。管仲病危时曾告诫桓公,竖刁、易牙、开方是三个佞臣,不可重用,桓公不听管仲遗言,结果让三人专权。见《韩非子·十过》《史记·齐太公世家》。仲父:指管仲。齐桓公尊称管仲为仲父,谓之仅次于父亲。姜公:齐桓公,春秋五霸之一,姓姜,故称姜公。⑥ "临没"句:竖刁等三人作乱,桓公被禁闭,饥渴而死。没:死。⑦ 当复何及:又将怎么来得及,意谓后悔莫及。

【翻译】

朝廷上大臣们个个高大又威风,
君王们辨贤奸用人千万要慎重。
为什么"四凶"作恶终于被流放?
只因为虞舜继承了重贤去奸的好传统。
贤管仲推心置腹说实话,
齐桓公竟把忠言当成耳边风;
显赫一时的大霸主,临死饥渴难熬求告无门,
这地步要后悔还顶什么用!

答庞参军并序

这首五言诗作于宋少帝景平二年(424),陶渊明六十岁。庞参军的名字生平不详,同《怨诗楚调示庞主簿邓治中》诗中的主簿庞遵不是一个人,诗和序中都说他们因曾作邻居而相知。作者《答庞参军》有五言、四言各一首,分别作于这一年的春、冬。这年春天庞为荆州刺史、镇西将军刘义隆的参军,有诗赠陶,渊明写这首诗作答。

这首诗回忆昔日为邻时两人志趣相投,欣然过从的深厚情谊,对歧路分手表示了无限惋惜。作者更因晚年多病,希望老友频寄书信、保重身体,期望重逢有日,相思情切,诚挚感人。

三复来贶①,欲罢不能。自尔邻曲,冬春再交②,欵然良对,忽成旧游③。俗谚云:"数面成亲旧④。"况情过此者乎?人事好乖⑤,便当语离;杨公所叹,岂惟常悲⑥。吾抱病多年,不复为文⑦,本既不丰⑧,复老病继之;辄依周礼往复之义⑨,且为别后相思之资⑩。

相知何必旧,倾盖定前言⑪。

有客赏我趣⑫,每每顾林园。

谈谐无俗调,所说圣人篇⑬。

或有数斗酒,闲饮自欢然。

我实幽居士⑭,无复东西缘⑮。

物新人惟旧⑯,弱毫多所宣⑰。

情通万里外,形迹滞江山。

君其爱体素⑱,来会在何年!

【注释】

① 三复:再三、反复诵读。贶(kuàng):赐,敬辞。指赠诗。② "冬春"句:经过两个冬天,又到第二个春天,时间跨三个年份,实际是一年多。再:第二次。③ "欸(āi)然"二句:意谓友善的邻居很快分别,成了旧日交游的朋友,令人叹息。欸:叹息。良对:犹良邻、善邻。《晏子春秋·不合经术者》:"有良邻,则日见君子,婴之愿也。"此用其意。④ "数面"句:见了几次面就和亲戚旧友一样。⑤ 好(hào):容易。乖:违背。⑥ "杨公"二句:杨公指战国初哲学家杨朱。《淮南子·说林训》载,杨朱见歧路而哭。晋人有用歧路表离别者。这里引杨公叹歧路,既是惜别,还包含各奔前程,所追求者不同的意思,故曰"岂惟常悲"。⑦ 文:指诗。六朝以"有韵为文,无韵为笔"。⑧ "本既"句:谦称自己学问根基不厚。本:根柢。丰:厚。⑨ 周礼往复之义:即"礼尚往来",是说往而不来,来而不往都不合礼数。见《礼记·曲礼》。⑩ 资:凭借,寄托。⑪ "倾盖"句:是说一见如故。前言:前人的话,指西汉文学家邹阳

《狱中上梁王书》中之"倾盖如故",意谓二人相见于路,言语投机,如同旧交,以致彼此车盖相倾到一块。⑫ 客:这里指庞参军。⑬ 说(yuè):同"悦"。⑭ 幽居士:隐士。⑮ 东西:东奔西走,指求仕。缘:缘分。这里无缘犹绝缘,无意。⑯ "物新"句:语出《尚书·盘庚》。物新指事物更新,这里喻刘宋代晋。⑰ 弱毫:毛笔。宣:表达,指写信。⑱ 体素:体质,身体。

【翻译】

　　反复展读您给我的赠诗,想放也放不下来。自从和您结邻而分别,算来已有一年多,天天能见面的好邻居,一下子成了昔日交游的朋友,实在令人叹息。俗话说:"数面成亲旧",何况我们的交情远比这深厚?人间的事情往往不能如愿,结邻不久就要话别;杨公悲叹歧路分手,难道只是寻常的哀愁?我抱病多年,许久不写诗了,学问的根柢原本不厚,加上年老多病,现在勉为其难凑合一首,既是遵循周礼礼尚往来的遗教,也以供别后相思的凭藉。

相知何必老相识,
新交知心如旧友。
幸您赏识我志趣,
敝舍多蒙常趋走。
谈吐相合无俗语,
圣贤遗篇共探求。
赶上有酒共欢饮,

边饮边聊兴更稠。
我本生性爱隐居,
无意求仕四处游。
时世虽变人依旧,
但愿彼此常通邮。
书信情通万里外,
哪怕形迹隔山丘。
万望贵体多保重,
他年来会重聚首!

有会而作 并序

有会而作即有感而作。这是陶渊明晚年在他生活最困苦的时候,即宋文帝元嘉三年(426)所作,时年六十二岁。这首诗写作者灾年的饥馁状况。他虽然穷得几乎揭不开锅,没有衣服可换,却决不为苟延残喘而吃"嗟来之食",表现了他晚年穷且益坚的性格。

旧谷既没,新谷未登①,颇为老农②,而值年灾,日月尚悠③,为患未已④。登岁之功⑤,既不可希,朝夕所资,烟火裁通⑥。旬日以来,始念饥乏。岁云夕矣⑦,慨然永怀⑧。今我不述⑨,后生何闻哉⑩!

弱年逢家乏⑪,老至更长饥⑫。
菽麦实所羡⑬,孰敢慕甘肥⑭!
惄如亚九饭⑮,当暑厌寒衣。
岁月将欲暮,如何辛苦悲⑯。
常善粥者心,深念蒙袂非;
嗟来何足吝,徒没空自遗⑰。
斯滥岂攸志,固穷夙所归⑱。

　　　　馁也已矣夫,在昔多余师。

【注释】

　　① 未登:指没有成熟。登:成熟。② 老农:作者自称。③ "日月"句:日子还很长。④ 已:止。⑤ 登岁:丰年。功:指农业收成。⑥ 裁:同"才"。⑦ 云:语助词,无义。⑧ 永怀:犹长叹,深感。永:长。⑨ 述:陈述,写。⑩ 后生:后代,子孙。⑪ 弱:幼,少。⑫ 更:经历。⑬ 菽麦:泛指杂粮。⑭ 甘肥:精美的食物。⑮ 惄(nì)如:饥饿状。亚:次一等。九饭:《说苑·立节》载,子思居卫国时,极贫,三旬九遇食。"三旬九食"是说三十天只吃了九顿饭。⑯ 如何:奈何。⑰ "常善"四句:用"不食嗟来之食"的典故。《礼记·檀弓》载,齐国闹大饥荒,黔敖准备稀粥在路上赈济饥民,有个饥者用袖蒙着脸而来,黔敖叫:"嗟,来食!"那人瞪着眼睛对黔敖说,我就因为不吃"嗟来之食",才落得这个地步。终于不食以至饿死。这四句是反话,诗人实际上不主张吃嗟来之食。萧统《陶渊明传》说,江州刺史檀道济"馈以粱肉,麾而去之",他虽贫病饿馁,但始终不要送给他的精美食物。粥者:施粥赈济饥民的人,此指黔敖。蒙袂:用衣袖遮脸。嗟(jiē):吆喝声,是不尊敬的招呼。吝:恨。遗:失,弃。⑱ "斯滥"二句:《论语·卫灵公》说:"君子固穷,小人穷斯滥矣。"意思是君子能固守穷困,小人贫穷则乱做坏事。斯:连词,则,乃。滥:没有节制,指越轨行为。攸:所。夙:平素。

【翻译】

　　陈谷已经吃完,新谷还未登场,长年务农的老汉,遇上了灾害之年,岁月尚长,祸患未了。良好的收成既已没有希望,早晚生活所需,仅只维持不至断炊,近十多天来,不能不为衣食匮乏而操心了。一年将尽,我不禁深有所感。如果我现在不写出来,后代人将何由得知呢?

少年时家境贫困,
到老来又常受饥。
只希望饱餐菽麦,
哪敢想美味珍奇!
穷得我三旬不能九食,
夏季里仍着讨厌的冬衣。
又一年即将过尽,
枉自辛苦无限伤悲。
赈灾者心肠慈善,
掩面去本非所宜。
"嗟来食"又何足恨,
空饿死无益于时。
"穷斯滥"岂是所愿,
效君子守志不移。
饿一饿算得什么,
古人中有我良师。

乞　食

此诗所写的未必是实事,但它与《有会而作》同样反映了作者极度饥馁的状况,当同是晚年的作品。饿得要讨饭,或遇遗赠,想到不久人世,只得阴间图报,充满了穷愁潦倒的悲愤心情。

饥来驱我去,不知竟何之①!
行行至斯里②,叩门拙言辞③。
主人解余意,遗赠岂虚来④?
谈谐终日夕,觞至辄倾杯⑤;
情欣新知欢,言咏遂赋诗。
感子漂母惠,愧我非韩才⑥;
衔戢知何谢⑦,冥报以相贻⑧。

【注释】

① 竟:究竟。之:往。② 行行:不停地走,犹言走呀走。斯:这。里:闾里。③ 拙言辞:不知讲什么好。拙,笨拙。④ 遗(wèi)赠:赠送。⑤ 辄:总是。⑥ "感子"二句:《史记·淮阴侯列传》载:韩信在城下钓鱼,有个漂母怜他

饥饿,给他饭吃。韩信发誓报恩,后来韩信帮助刘邦灭了项羽,封为楚王,果然派人找到漂母,送他钱财。子:对人的尊称。漂母:洗衣老妇。⑦ 戢(jí):藏。衔戢是说对别人的恩惠衔之于口,藏之于心。⑧ 贻:赠送。

【翻译】

饥饿驱使我向人乞讨,
茫茫然不知道走向何方。
脚步不停地来到了这个村落,
敲开别人的大门一时又难把话讲。
房主人明白了我的来意,
送给我东西不让我空跑一趟。
言谈投机我在他家呆了一天,
主人与我碰杯我也就放开了酒量。
交上了新朋我心情无比欢畅,
边谈边吟咏我写下了新诗一章。
感激你施给我像漂母一样的恩惠,
惭愧的是自己的才略不能与韩信相当。
把你对我的厚谊铭记在心,
我只有死后在阴间图谋报偿。

挽歌诗(三首选一)

挽歌,即丧歌,表示对死者的哀悼。陶渊明卒于宋文帝元嘉四年(427)十一月,享年六十三岁,《挽歌诗》是他在死前两个月写的自挽之词。原诗共三首,这里选了末一首,是作者留下的最后的诗章。他在诗中设想了自己死后人们送葬的整个过程,并说明死是任何人也逃不脱的自然变化,算不了什么,只不过是把骸骨托付山陵,表现了诗人视死如归的达观态度。

荒草何茫茫①,白杨亦萧萧②。严霜九月中,送我出远郊。四面无人居,高坟正嶕峣③。马为仰天鸣,风为自萧条。幽室一已闭④,千年不复朝⑤;千年不复朝,贤达无奈何⑥。向来相送人⑦,各自还其家;亲戚或余悲,他人亦已歌。死去何所道,托体同山阿⑧。

【注释】

① 何:何其,多么。② 萧萧:风吹树木声。③ 嶕峣(jiāo yáo):高耸貌。④ 幽室:指墓穴。⑤ "千年"句:如同黑夜永远不会天亮。⑥ 贤达:贤人达士,指有道德有学问

的人。⑦ 向：当初，刚才。⑧ 山阿：山陵。

【翻译】

  荒凉的衰草无边无际，
  白杨树传来萧瑟的风声。
  在严寒的九月里，
  我被送往遥远的郊垠。
  环顾四周，杳无人迹，
  一座座耸立的高坟如林。
  马儿仰天哀鸣，
  秋风吹个不停。
  墓穴一经封闭，
  永远难见光明；
  永远不见光明，
  管你是贤人达士，到头来都同归于尽。
  人们送葬已毕，
  各自登上回家的途程；
  此时伤心的也许只有自己的亲属，
  而在他人早已把悲哀忘个干净。
  人死了还有什么可说，
  无非是把躯体寄放于山陵。

闲情赋 并序

赋是我国古典文学中的一种文体,兼有诗歌和散文的性质。《闲情赋》是写爱情的,大概是作者青年时的一篇抒情之作。陶渊明于晋太元十九年(394),三十岁时丧前妻,或即这年所作。

这篇赋题名"闲情","闲"是防闲,即检束感情,使人归于正道。但是它却一反作者朴素淡远的风格,抒发了对纯真爱情的炽热追求。如鲁迅先生所说:"又如被选家录取了《归去来辞》和《桃花源记》,被论客赞赏着'采菊东篱下,悠然见南山'的陶潜先生,在后人心目中,实在飘逸得太久了,但在全集里,他却有时很摩登,'愿在丝而为履,附素足以周旋;悲行止之有节,空委弃于床前',竟想摇身一变,化为'啊呀呀,我的爱人呀'的鞋子,虽然后来自说因为'止于礼义',未能进攻到底,但那些胡思乱想的自白,究竟是大胆的"(《且介亭杂文二集·题未定草六》)。这篇赋与《读〈山海经〉》从不同的角度表现了作者绝非"浑身是静穆",内心充满着激情。

这篇赋结构新颖,想象丰富,灵活运用了比兴手法。尤其是其中的十愿,表现了极大的创造性,荡除了汉赋那种着意铺排,堆砌词藻、典故的积弊,清新自然,因此被人们久诵不衰。

  初,张衡作《定情赋》①,蔡邕作《静情赋》②,检逸辞而宗澹泊③,始则荡以思虑④,而终归闲正⑤。将以抑流宕之邪心⑥,谅有助于讽谏⑦。缀文之士⑧,奕代继作⑨,并因触类⑩,广其辞义。余园闾多暇⑪,复染翰为之⑫。虽文妙不足,庶不谬作者之意乎⑬!

  夫何瑰逸之令姿⑭,**独旷世以秀群**⑮。 表倾城之艳色⑯,期有德于传闻⑰。 佩鸣玉以比洁,齐幽兰以争芬。 淡柔情于俗内⑱,负雅志于高云。 悲晨曦之易夕⑲,感人生之长勤⑳。 同一尽于百年,何欢寡而愁殷㉑! 褰朱帏而正坐㉒,泛清瑟以自欣㉓。 送纤指之余好㉔,攘皓袖之缤纷㉕。 瞬美目以流眄㉖,含言笑而不分。

【注释】

  ① 张衡:字平子,东汉文学家、科学家。② 蔡邕(yōng):字伯喈,东汉文学家、书法家。③ 检:检束。宗:师法,崇尚。④ 荡:无拘束。⑤ 闲正:闲雅正派。⑥ 宕:同"荡"。⑦ 讽谏:委婉的劝谏。⑧ 缀文:作文。缀:连缀。⑨ "奕代"句:累代相继创作。赋情自战国始,经汉以后,魏陈琳、阮瑀均作《止欲赋》、王粲作《闲邪赋》、应玚作《正情赋》,故有此说。⑩ 触类:连类而及。⑪ 园闾:田舍。

⑫ 染翰：用笔蘸墨。翰：笔毫。⑬ 庶：也许。谬：违背。⑭ 夫：彼。何：何其。瑰（guī）逸：奇妙卓出貌。令：美好。⑮ 旷世：当代无比。秀群：超出众人。⑯ 表：显示。倾城：全城人为之倾倒，形容女子极美。语出《汉书·外戚传》。⑰ 期：期待，追求。于：介词，同"以"。⑱ 俗内：指世俗。⑲ 晨曦（xī）：朝阳。⑳ 长勤：多劳苦。㉑ 殷：多，重。㉒ 褰（qiān）：揭起，拉开。㉓ 泛：古人称演奏琴瑟为泛。瑟：乐器名。与琴相似，二十五弦。瑟声清越。㉔ 余好：指瑟声袅袅不绝。㉕ 攘（rǎng）：捋，抹。缤纷：状上下翻飞，使人眼花缭乱。㉖ 瞬：目光转动。流眄（miàn）：眼波流盼。

曲调将半，景落西轩①。悲商叩林②，白云依山。仰睇天路③，俯促鸣弦。神仪妩媚，举止详妍④。激清音以感余，愿接膝以交言。欲自往以结誓，惧冒礼之为愆⑤。待凤鸟以致辞⑥，恐他人之我先。意惶惑而靡宁⑦，魂须臾而九迁⑧。

【注释】

① 景：日影。轩：窗。② 悲商：指秋风声。古人常以五音表四方、四季，商调凄厉，表西方、秋季。③ 睇（dì）：凝视。④ 详妍：安详美妙。⑤ 愆（qiān）：过错。同"愆"。⑥ 凤鸟：传说上古帝喾（kù）高辛氏用凤凰传送礼物娶得简狄，后因以喻作爱情的信使，传情的媒介。⑦ 靡（mǐ）：无。⑧ 须臾：顷刻之间。九迁：屡变。九：表多数。

愿在衣而为领，承华首之余芳①；悲罗襟之宵离②，怨秋夜之未央③。愿在裳而为带④，束窈窕之纤身⑤；嗟温凉之异气⑥，或脱故而服新。愿在发而为泽⑦，刷玄鬓于颓肩⑧；悲佳人之屡沐，从白水以枯煎。愿在眉而为黛⑨，随瞻视以闲扬；悲脂粉之尚鲜，或取毁于华妆⑩。愿在莞而为席⑪，安弱体于三秋⑫；悲文茵之代御⑬，方经年而见求⑭。愿在丝而为履，附素足以周旋；悲行止之有节，空委弃于床前。愿在昼而为影，常依形而西东；悲高树之多荫，慨有时而不同。愿在夜而为烛，照玉容于两楹⑮；悲扶桑之舒光⑯，奄灭景而藏明⑰。愿在竹而为扇，含凄飙于柔握⑱；悲白露之晨零⑲，顾襟袖之缅邈⑳。愿在木而为桐，作膝上之鸣琴；悲乐极以哀来，终推我而辍音㉑。

闲情赋

【注释】

① 华首：美丽的头部。② 罗襟：罗衣，绫罗制的衣服。③ 未央：未尽。④ 裳：下衣。⑤ 窈窕（yǎo tiǎo）：形容女子体态纤美。⑥ 嗟（jiē）：叹息。温凉：冷暖。指气候。⑦ 泽：膏泽。这里指发脂。⑧ 玄：黑色。颓肩：柔肩。⑨ 黛（dài）：青黑色的颜料，古代女子用来画眉。⑩ 取毁：被毁。⑪ 莞（guān）：一种蒲草编的粗席。⑫ 三秋：秋季的三个月，指秋季。⑬ 文茵：有文彩的皮褥。御：用。⑭ 经年：经过一年。见求：被用。⑮ 楹（yíng）：屋柱。⑯ 扶桑：传说中日出之处，此代指太阳。⑰ 奄：突然。景：此指烛光。⑱ 凄飙（biāo）：凉风。⑲ 零：降，落。⑳ 缅邈：遥远。㉑ 辍：中断，停止。

考所愿而必违①,徒契契以苦心②。拥劳情而罔诉③,步容与于南林④。栖木兰之遗露,翳青松之余阴。倘行行之有觌⑤,交欣惧于中襟⑥。竟寂寞而无见⑦,独悁想以空寻⑧!

【注释】

① 考:思虑。② 契契:愁苦貌。③ 拥:怀抱。劳情:忧心。罔:无。④ 容与:徘徊貌。⑤ 倘:倘若。行行:徘徊貌。觌(dí):见面。⑥ 中襟:内心。⑦ 竟:终。⑧ 悁(yuān)想:忧思。

敛轻裾以复路①,瞻夕阳而流叹。步徙倚以忘趣②,色惨凄而矜颜③。叶燮燮以去条④,气凄凄而就寒⑤。日负影以偕没⑥,月媚景于云端。鸟凄声以孤归,兽索偶而不还⑦。悼当年之晚暮⑧,恨兹岁之欲殚⑨。思宵梦以从之,神飘飖而不安⑩。若凭舟之失棹⑪,譬缘崖而无攀⑫。

【注释】

① 敛:收敛,提起。裾:指下衣。② 徙倚:徘徊不进貌。趣:趋向。③ 矜(jīn)颜:脸上显出严肃的神情。④ 燮燮(xiè):拟落叶声。去条:离开树枝,指叶落。⑤ 就:接近。⑥ 偕:一同。⑦ 索:寻找。偶:伴侣。⑧ 当年:正当年,指壮年。晚暮:比喻老年,晚年。⑨ 殚(dān):尽。⑩ 飘飖(yáo):摇摆不定貌。⑪ 凭舟:乘船。棹(zhào):划船用具。⑫ 缘:攀缘。

于时毕昴盈轩①，北风凄凄。惆惆不寐②，众念徘徊。起摄带以伺晨③，繁霜粲于素阶。鸡敛翅而未鸣，笛流远而清哀；始妙密以闲和④，终寥亮而藏摧⑤。意夫人之在兹⑥，托行云以送怀；行云逝而无语，时奄冉而就过⑦。徒勤思以自悲⑧，终阻山而带河⑨。迎清风以祛累⑩，寄弱志于归波⑪。尤《蔓草》之为会⑫，诵《邵南》之余歌⑬。坦万虑以存诚⑭，憩遥情于八遐⑮。

【注释】

① 毕昴(mǎo)：星名，都在秋后夜空出现。此泛指秋夜群星。② 惆惆：犹炯炯、耿耿，不安貌。③ 摄带：束带，穿衣。伺晨：等待天亮。④ 妙密：美妙细密。闲和：闲雅平和。⑤ 寥亮：同"嘹亮"。藏摧：肝脏摧折，意凄怆。藏，同"脏"。⑥ 意：料想。夫：那个。兹：此。指附近。⑦ 奄冉：犹荏苒，形容时光逐渐流逝。就：随即。⑧ 勤思：苦思，相思之极。⑨ 带河：河水蜿蜒如带，是说难以绕过。⑩ 祛(qū)：驱逐。⑪ 波：流水。⑫ "尤蔓"句：尤，答责。蔓草，指《诗·郑风·野有蔓草》篇。该诗写一对男女偶遇田野而自由结合的情景。作者斥责这样的男女私会。⑬ "诵邵"句：《邵南》，指《诗·国风》中的《召南》。《召南》中的一些篇章，如《草虫》、《行露》、《摽有梅》等称颂了爱情的专一。作者主张合于礼义的结合。⑭ "坦万"句：意思是不再胡思乱想，保持感情的纯真。坦：坦荡。这里意为摒除。⑮ 憩(qì)：休止。八遐：八荒，八方极远的地方。

【翻译】

　　当初,张衡写《定情赋》,蔡邕写《静情赋》,主张约束放荡的文辞,尊崇恬淡寡欲,开头敞开思路任其情怀所想,最后以雅正结束,这样,用它来抑制放荡的邪念,料想会起一些讽谏的作用。后来历代文士相继创作,都就前人的这一创作意图,加以引申发挥,扩大了这一类抒情文字的内容。我家居多有闲暇,也提笔写它一篇。虽自愧笔力不大概不够优美深刻,会不合历来作者的创作本意吧!

　　你的姿容多么美丽,简直是盖世无伦。显露出倾城的鲜艳光采,追求有高尚的德操而远近扬名。要与佩玉比洁净,要与幽兰争芳馨。你的情怀淡泊脱俗,你的志趣高尚入云,可叹美好的晨光瞬间即逝,人生的旅途历尽艰辛。百年之后都同归于尽,为什么郁郁寡欢而满腹忧心!拉开红色的帏幕,正身端坐,弹奏起清瑟不妨自我陶情。长长的手指轻盈挪动,洁白的衣袖上下翻腾。柔媚的眼波左右流盼,含情脉脉,带笑而不言。

　　弹奏的乐曲将及一半,轩窗外已日落西山。瑟瑟秋风摇撼着林树,缕缕白云缭绕于山间。抬头凝视天上的云路,低头急拨手中的鸣弦。神态既娇媚,举止又安娴。那清越的妙音使我万分激动,恨不得同她促膝而坐亲密交谈。想奋身自往以结同心之好,恐不合礼法终将酿成罪愆。期待凤鸟飞来请它代为致意,又怕别人捷足先登走在我前。心烦虑乱,使我不能安宁,魂不守舍,刹时而往返几番。

　　我愿化作她身上的衣领,每日里嗅着她头上的芳香;只恐怕夜晚她解衣就寝,在漫漫长夜里把我搁置一旁。我愿化作她轻裙上的丝带,每日里缠着她窈窕的细腰;又恐怕寒来暑往节气变化,她会脱去旧衣而另换新袍。我愿化作她秀发上的膏泽,亲近她的玄鬓轻抚她的柔肩;又怕她三番五次地沐浴,用清水冲洗不停而不剩一点。我愿化作她眉毛上的黛墨,伴随她悠闲地眺望四方;又可叹脂粉追求鲜艳,或许会被取代于新的浓妆。我愿化作她床上的簟席,托着她柔弱的玉体,使她感到清凉;但又怕她冬日里改用皮褥,使我相隔一年才能回到她的身旁。我愿化作她脚上的丝鞋,成天附着她的白足去去来来;只恐怕她劳累之后要卧床休息,使我又经受着被遗弃床前的悲哀。我愿在白昼化作她的身影,伴随着她的玉体到处巡行;但又怕高树的广阴把我遮盖,使我有时和她不得相亲。我愿在夜间化作蜡烛,在厅堂里照亮她的芳容;只恐怕大清早旭日东升,耀眼的阳光把我驱散得无影无踪。我愿化作一把竹扇,在她的握持中播送凉风;只恐怕清晨降下了白露,望着她的衣袖遥远而不能跟从。我愿化作茂林中的桐树,制成鸣琴躺在她的膝头;又恐怕她乐极生悲,无心弹奏把我推到身后。

　　左思右想无法实现自己的宿愿,空留下我对她相思的一片苦心。这满怀的思情无处诉说,我漫步徘徊在南边的树林。在木兰滴露的地方休息片刻,头上有青青松树的庇荫。也许我往来寻觅能忽然见她一面,又喜又惧的感情塞满了胸襟。到头来静悄悄我什么也没有看见,只落得愁苦相思白白追寻!

整整衣衫我重新上路,望着快要落山的太阳而无限伤情。信步走来,不知道要走向何处,满脸忧愁我故作镇静。树叶从枝条上簌簌落下,气候显示着寒天已经来临。落山的太阳暗淡无色,云端的皓月露出倩影。失群的归鸟鸣叫回飞,寻伴的走兽奔跑不停。叹息自己的壮龄一去不返,如今一年的时光又要过完。怀念情人我梦寐以求,神魂飘游,坐卧不安。好像乘船失去桨板,好像爬山在悬崖下无所依攀。

此时满窗星斗,刮着凄厉的北风。我怀着焦灼的心情不能入睡,各种杂念像潮水在脑海中汹涌。盼望天明,我起身穿衣等待,耀眼的浓霜厚厚地积满了阶台。公鸡垂着翅膀尚未开叫,远方传来了笛声清越而悲哀;开始时声音和谐而细小,到后来就变得激昂慷慨。料想相思的人就在那里,托咐行云代我传送情思;行云飘然飞去悄无声息,时光在不知不觉中流逝。万种相思徒然是自寻烦恼,我和她终被阻隔于山高水深。清风啊,请你吹散我胸中的积闷,流水啊,请你带走我这孱弱憔悴的身心。谴责那不正当的男女幽会,称颂用礼义来节制自己的感情。摒除各种杂念保持一片诚心,止住远逸的情思在八荒驰骋。

归去来兮辞 并序

辞是一种抒情赋。"归去来兮"就是归去,叙写诗人辞官归田的心情和乐趣。"来"、"兮"都是语助词,强调了作者摆脱仕途羁绊的决绝态度和田园生活的安适喜悦之情。辞序写明作于"乙巳岁十一月",即晋安帝义熙元年(405),陶渊明四十一岁辞彭泽令归田之初所作。

序中对他做彭泽令到弃官回家的原因、前后经过交代得很清楚。作者自言他因奔程氏妹丧辞官,奔妹丧实有其事,不过是托词。《宋书·陶潜传》和梁萧统《陶渊明传》都说他不愿束带见督邮,"为五斗米折腰向乡里小儿",即日去职。这符合陶渊明一贯的思想、性格,但不一定因此而去职。陶渊明从二十九岁初仕到这次归田,十三年间断断续续做了一些小官,他饱尝了仕途的艰辛和痛苦,看透了官场的腐朽和黑暗,为了"口腹"不得不出仕,但"矫厉"、"违己"又与本性相乖。归田,这是他经过长期的思想斗争而作出的抉择;这次归田后他再没有涉足官场,这篇作品也就成了他终生不仕的宣言。

作者叙述归途和初归的情景及对未来田园生活的遐想,融叙事、写景、抒情于一体。他笔下的景和物，菊花、孤松、无心出岫的云、倦飞知还的鸟，无不赋予了与自己个性相一致的性格和情操。全篇文字优美、音节和谐、感情真挚。它以高度的艺术成就，曲折反映了作者对现实的不满，也反映了乐天安命的思想，对后人产生过积极的或消极的影响。

余家贫，耕植不足以自给。幼稚盈室①，瓶无储粟②，生生所资③，未见其术④。亲故多劝余为长吏⑤，脱然有怀⑥，求之靡途⑦。会有四方之事⑧，诸侯以惠爱为德⑨，家叔以余贫苦⑩，遂见用于小邑⑪。于时风波未静⑫，心惮远役⑬；彭泽去家百里，公田之利⑭，足以为酒，故便求之⑮。及少日，眷然有归欤之情⑯。何则？质性自然，非矫厉所得⑰；饥冻虽切，违己交病⑱。尝从人事⑲，皆口腹自役。于是怅然慷慨，深愧平生之志。犹望一稔⑳，当敛裳宵逝。寻程氏妹丧于武昌㉑，情在骏奔㉒，自免去职。仲秋至冬㉓，在官八十余日。因事顺心，命篇曰"归去来兮㉔"。乙巳岁十一月也。

【注释】

① 幼稚：幼儿。盈室：满屋。② 瓶(píng)：瓦瓮，此指米缸。③ 生生所资：生活所需用的。前一"生"字是动词，后一"生"字是名词。④ 术：途径，方法。⑤ 长吏：地方上县一级的小官，此泛指官吏。⑥ 脱然：舒畅貌。⑦ 靡：无。⑧ 会：恰逢。四方之事：经营四方之事，指当时州郡间地

方势力的争斗。⑨ 诸侯:这里指州郡长官。他们拥有地方军政大权,各霸一方,有如古代诸侯,故称。⑩ 家叔:指陶夔(kuí),时任太常卿,掌国家祭祀礼乐。⑪ 见:被。邑:县。⑫ 风波:指上述"诸侯"间的战争。⑬ 惮:害怕。⑭ 公田:供俸禄的田。⑮ 故便:所以就。⑯ 眷然:眷念貌。归欤之情:回家的念头。欤为语助词。⑰ 矫厉:勉强,做作。⑱ 交病:遭受痛苦。⑲ 人事:此指做官。⑳ 一稔(rěn):指公田收获一次。稔,庄稼成熟。㉑ 武昌:今湖北鄂州。㉒ 骏奔:骑快马飞奔。㉓ 仲秋:农历八月。㉔ 命篇:名篇,题篇名。

归去来兮,田园将芜胡不归! 既自以心为形役①,奚惆怅而独悲②。 悟以往之不谏③,知来者之可追④;实迷途其未远⑤,觉今是而昨非。 舟遥遥以轻飏⑥,风飘飘而吹衣。 问征夫以前路⑦,恨晨光之熹微⑧。

【注释】

① 形:指身体。② 奚:为什么。③ 谏:止,谏止。④ 追:挽回,补救。⑤ 迷途:指出仕。⑥ 遥遥:同"摇摇",船摇动貌。轻飏(yáng):飞扬,形容船行轻疾。⑦ 征夫:行人。⑧ 熹(xī):光明。

乃瞻衡宇①,载欣载奔。 僮仆欢迎,稚子候门。 三径就荒②,松菊犹存。 携幼入室,有酒盈樽③。 引壶觞以自酌,眄庭柯以怡颜④。 倚南窗以寄傲,审容膝之易安⑤。 园日涉以成趣,门虽设而常关。 策扶老以流憩⑥，时矫首而遐观。云无心以出岫⑦，鸟倦飞而知还。景翳翳以将入⑧，抚孤松而盘桓⑨。

【注释】

① 乃：语助词。衡宇：用横木做门的房子，极言简陋。衡，同"横"。② 三径：指庭院中的小路。《文选》李善注引《三辅决录》：汉代兖州刺史蒋翊，不满王莽专权，告病归隐，在院中开三径，只与隐士求仲、羊仲交往，因此三径借指隐士居住的地方，此用其意。径：小路。就：近，接近。③ 樽（zūn）：酒器。④ 眄（miǎn）：闲看。⑤ 审：明白，深知。容膝：可以放双膝，形容住室狭窄。⑥ 策：拄。扶老：拐杖。流憩（qì）：走走歇歇。⑦ 无心：自然而然。岫（xiù）：有岩洞的山，此泛指山。⑧ 景：指日光。翳翳：暗淡貌。⑨ 盘桓：犹徘徊。

归去来兮，请息交以绝游。世与我而相违，复驾言兮焉求①！悦亲戚之情话②，乐琴书以消忧。农人告余以春及，将有事于西畴③。或命巾车④，或棹孤舟⑤；既窈窕以寻壑⑥，亦崎岖而经丘。木欣欣以向荣，泉涓涓而始流⑦。善万物之得时，感吾生之行休⑧！

【注释】

① 驾：驾车。言：语助词，无义。② 情话：知心话。③ 事：指农事。畴：田。④ 巾车：有篷的车。⑤ 棹（zhào）：船桨，这里作划解。⑥ 窈窕：幽深貌。⑦ 涓涓：细流不绝貌。⑧ 行：将要。

已矣乎，寓形宇内复几时！曷不委心任去留①，胡为乎遑遑欲何之②？富贵非吾愿，帝乡不可期③。怀良辰以孤往，或植杖而耘耔④。登东皋以舒啸⑤，临清流而赋诗。聊乘化以归尽⑥，乐夫天命复奚疑⑦。

【注释】

① 曷：同"何"。委心：随心。② 遑遑：心神不安貌。之：至，往。③ 帝乡：神仙住的地方。④ 耘耔(yún zǐ)：从事农作。耘，除草。耔，在苗根培土。⑤ 皋(gāo)：水边高地。此指田边的高地。⑥ 聊：姑且。乘化：随着自然的推移变化。尽：谓死。⑦ 乐夫天命：即乐天知命，谓对命运乐观旷达。

【翻译】

我家贫穷，单靠种田不够养家糊口。小幼子又多，米缸里没有余粮，实在没法维持生计。许多亲友劝我谋个官做，我的心被他们说得活动起来。但一时没有门路求得。时逢多事之秋，州郡长官肯施恩惠；家叔怜悯我贫困，经他引荐，我被录用在彭泽这个小县做县官。当时时局不安定，我怕出远差；彭泽县距离我家只有百里远近，俸田所收也足供酿酒，我于是应下了这项差事。没过几天，我就十分想念田园，起了辞官归耕的念头。为什么会这样？本性自然率真，不是造作勉强做得到的，受饥挨冻虽然至关紧要，但是违背本性硬着头皮做官，也非常痛苦。我一想到曾经不得已做官，都是让心志受口腹的役使，情绪就激动起来。深深感到辜负了一生追求自由的志向,我指望着等公田收获一茬庄稼,立即收拾行装连夜离去。不久,我的嫁到程家的妹子在武昌去世。心里急着奔丧,就势主动辞职。从秋八月到冬季,我做了八十多天的官。因妹丧之事使我得顺遂自己的心意。于是写下这篇辞。题名叫"归去来兮"。时乙巳年十一月。

归去吧,田园快要荒芜,为什么还要在仕途犹豫徘徊!明知道逼上这条路自己的心灵做了口腹的奴隶,何苦还怅然若失自寻伤悲。过去了的已然不可挽救,未来还可以努力追回。虽然误入歧途,幸喜不算太远,趁早告别错误的昨天快把田园回。归舟轻快地向前荡漾,清风阵阵撩动我的衣袂。向行人探问前面的归程,怨天不快亮晨光微弱暗昧。

终于望见我家草舍寒门,按捺不住欢欣我向前飞奔。小仆欢跳着赶来迎接,幼子早在门前伫望久等。庭院的小路快长满荒草,可青松依旧,菊花仍吐清芬。牵着幼儿的小手踱进内室,有备好的美酒为我接风洗尘。拿过酒壶酒盅我自斟自饮,悠闲地看着庭树叫人醉心开颜。倚凭南窗吟诗作赋寄托我傲世的情愫,深知住室狭窄简陋足以栖身安闲。每天在园中散步兴味无穷,家门常常紧闭以摆脱世俗的嚣喧。拄着手杖我随处游乐歇息,时时抬头远眺观赏自然。云本无心,从山峦间自然飘起,小鸟倦了,也自知向老巢飞还。夕阳把余晖渐渐收敛,将要躲进山的那边,触景生情,我抚摸着孤傲的青松流连忘返。

归去吧,让我断绝官场的一切交游。世俗既与我格格不入,还再作什么追求!访亲戚叙家常使人快乐,独自一人弹琴读书也可解闷消忧。农人告诉我春天已经来临,将要去耕种西边的田畴。有时我乘坐一辆蓬车,有时我划着一叶扁舟;可以探寻曲折幽深的涧谷,也可以经过高低不平的山丘。那时节万木欣欣向荣,解冻的清泉涓涓长流。我羡慕万物逢春生机蓬勃,感慨自己的生命将到尽头!

算了吧,我寄身天地之间还有几个春秋!何不自由自在地随心愿行事,为什么遑遑终日若有所求?追逐荣华富贵不合我的心愿,仙山琼阁不过是海市蜃楼。我一心盼着好天气独来独往四处游逛,或者把手杖插在一边,到田地里培土耕耨。我将登上东边的高岗纵情呼啸,面对着清澈的溪水吟诗几首。乐天知命我不再有一丝疑虑,随顺自然一直走向生命的尽头!

五柳先生传

萧统《陶渊明传》说:"渊明尝著《五柳先生传》以自况……时人谓之实录。"可见这是一篇自传性散文。文章记叙五柳先生安贫乐道、抱朴守真、不汲汲追求荣华富贵的率真性格,反映了他在晋宋换代之后不仕新朝的思想情操。本文为陶渊明晚年的作品。

先生不知何许人也①,亦不详其姓字②,宅边有五柳树,因以为号焉③。闲静少言,不慕荣利。好读书④,不求甚解⑤;每有会意,便欣然忘食。性嗜酒⑥,家贫不能常得,亲旧知其如此,或置酒而招之⑦。造饮辄尽⑧,期在必醉⑨。既醉而退,曾不吝情去留⑩。环堵萧然⑪,不蔽风日;短褐穿结⑫,箪瓢屡空⑬,晏如也⑭。常著文章自娱,颇示己志。忘怀得失,以此自终。

【注释】

① 何许:何处。② 不详:不清楚,不知道。字:表字,同本名涵义相关的别名。③ 号:别号,字以外另起的称

号。④ 好(hào)：喜好。⑤ 不求甚解：指读书只领会精神，不在字句上穿凿附会。⑥ 嗜(shì)：特别喜爱。⑦ 置：设，备好。之：他，指五柳先生。⑧ 造：到，去。辄：总是。⑨ 期：希望。⑩ 曾：乃。吝情：顾惜之情。去留：复词偏义，指去，离开。⑪ 环堵：房屋四壁。堵，墙。萧然：冷落空洞貌。⑫ 穿：破洞。结：打结，缝补。⑬ "箪(dān)瓢"句：谓饮食匮乏。语本《论语·雍也》。箪：盛饭的竹篮。瓢：水瓢。⑭ 晏如：安乐貌。

赞曰①：黔娄之妻有言："不戚戚于贫贱，不汲汲于富贵②。"其言兹若人之俦乎③？衔觞赋诗④，以乐其志。无怀氏之民欤？葛天氏之民欤⑤？

【注释】

① 赞：赞语。这篇文章仿史传体，史传结尾的赞语，是作者对被传者的总评及引申发挥。② "黔(qián)娄"三句：《列女传》载，黔娄为春秋时鲁国隐士，清高不仕，死时穿着一身破烂不堪的衣服入殓。曾子前去吊丧，问黔娄的妻子给他什么谥号，他的妻子说谥"康"。曾子认为，不适宜谥"康"。娄妻回答：我那丈夫，甘愿粗茶淡饭，安于卑微的地位，不因贫穷而忧愁，也不为富贵四处奔走，他追求仁就得到仁，追求义就得到义，谥他为"康"，不恰到好处吗？戚戚：忧虑貌。汲汲：急切追求貌。③ 兹：这，指五柳先生。若人：那人，指黔娄。俦(chóu)：类，辈。④ 衔觞：口衔酒杯，意即饮酒。⑤ "无怀"二句：无怀氏、葛天氏都是我国传说中上古盛世的帝王。《路史·禅通纪》记载当时

的人们朴质淳真。这里赞誉五柳先生像那个时代的人。

【翻译】

先生不知道是什么地方的人,也不知道他姓甚名谁。他的屋旁有五棵柳树,于是就用"五柳"作为自己的别号。五柳先生性格沉静,寡言少语,既不羡慕荣华富贵,也不追逐功名利禄。他爱好读书,只注重理解书中的精神而不死抠字眼;每逢有些心得体会,便高兴得连饭也忘记吃。他生来爱喝酒,因家里贫穷,不能常有酒喝。亲戚和老朋友知道他穷而嗜酒,有时便预备了酒请他去喝。他去别人家喝酒,总是把别人家的备酒喝光,一醉方休。醉了就回家,没有留恋不舍的时候。他家的房屋破旧,四壁空空,挡不住寒风和烈日;穿的粗布短衣露着破洞,有的地方打着补丁,盛饭的篮子和水瓢经常空空如也。对这贫困的生活,他处之泰然。他常常把写文章当作娱乐,这些文章都能充分表达他的志趣。他把个人的得失置之度外,以超脱的态度来度过一生。

赞语说:黔娄的妻子曾经说过:"不因生活贫穷、地位卑微而忧愁,也不为追求荣华富贵四处奔走。"仔细体会他的话,五柳先生不正是黔娄那一类的人吗?酒喝得高兴了,就吟诗作文,用这来抒发自己的情怀,使心灵得到慰藉。他质朴淳真,不知忧愁,是生活在无怀氏时代的人呢?还是生活在葛天氏时代的人呢?

感士不遇赋 并序

士,指读书人。这篇赋如题目所说,是感慨士不遇于时的。士学文习武,目的在有一番作为,但是,黑暗的政治,犹如宏罗密网,总是使有才华的正直之士遭到压抑摧残。生活在晋宋易代、政治剧烈动荡时代的陶渊明,从亲身经历中,对此深有感触。他几次辞官,归耕后也曾多次拒绝官府、友人出仕的邀请,充分表现了他和统治集团不合作的态度。在这篇赋中,诗人揭露和抨击了当时政治的腐败与残酷。感情之激愤、辞气之强烈,都与《读〈山海经〉》组诗近似,也是一篇"金刚怒目"式的作品,当同为晚年所作。

昔董仲舒作《士不遇赋》①,司马子长又为之②。余尝以三余之日③,讲习之暇,读其文,慨然惆怅。夫履信思顺④,生人之善行⑤;抱朴守静⑥,君子之笃素⑦。自真风告逝⑧,大伪斯兴⑨,闾阎懈廉退之节⑩,市朝驱易进之心⑪。怀正志道之士,或潜玉于当年⑫;洁己清操之人,或没世以徒勤⑬。故夷皓有"安归"之叹⑭。三闾发"已矣"之哀⑮。悲夫⑯!寓形百年,而瞬息已尽;立行之难⑰,而一城莫赏⑱。此古人所以染翰慷慨⑲,屡伸而不能已者也⑳。夫导达意气㉑,其惟文乎㉒? 抚卷踌躇㉓,遂感而赋之。

咨大块之受气㉔,何斯人之独灵㉕! 禀神智以藏照㉖,秉三五而垂名㉗。或击壤以自欢㉘,或大济于苍生㉙,靡潜跃之非分㉚,常傲然以称情。

【注释】

① 董仲舒:西汉哲学家,今文经学大师。其《士不遇赋》收在《古文苑》中。② 司马子长:司马迁,字子长,西汉史学家、文学家。作《悲士不遇赋》,其残文见《艺文类聚》。③ 三余之日:三国时董遇教学生利用"三余"时间读书,他说:"冬者,岁之余;夜者,日之余;阴雨者,时之余。"见《三国志·魏书·王肃传》裴松之注。后以"三余"泛指空闲时间。④ 信:信义。顺:指忠孝。⑤ 生人:生民,人民。⑥ 守静:专心而不外骛,自足于性。⑦ 君子:指德之士。笃(dǔ)素:纯厚的素志。⑧ 真风:自然淳朴的风尚。⑨ 斯:乃。⑩ 闾阎(lú yán):里巷的门,这里指民间。懈:懈怠,放松。⑪ 市朝:集市和朝廷,复词偏义,此指官场。驱:谓驰驱竞奔。易进:指靠投机取巧往上爬。⑫ 或:有的。潜玉:把玉石藏起来,喻隐居。⑬ 没世:终生。⑭ 夷皓:指伯夷、四皓。伯夷事,参见《拟古》选诗六"饥食"句注。四皓事,参见《赠羊长史》"绮与甪"注。安归之叹:伯夷、叔齐隐居首阳山,曾作歌曰:"神农虞夏忽焉没兮,我安适归矣!"四皓隐居商山,也曾作歌曰:"唐虞世远,吾将安

归。"都感叹生不逢时,无处依归。⑮三闾:指屈原。屈原曾做三闾大夫(楚国官名,掌昭、屈、景三姓贵族)。已矣之哀:屈原《离骚》结尾说:"已矣哉! 国无人莫我知兮,又何怀乎故都。"意思是得不到楚王的知遇,纵然忧国忧民,也无可如何。⑯夫(fú):语助词,表感叹。⑰立行:指建立功业。⑱一城:犹言寸土。赏:指赐爵封地。⑲染翰:以笔蘸墨,这里指写赋。⑳伸:申述,表白。已:止。㉑夫:发语词。导达:表达,抒发。意气:思想感情。㉒其:语助词,表测度。惟:只。㉓抚卷:抚按着书。卷,照应序的开头,指董仲舒、司马迁等的赋。踌躇:反复思考而有所感触。㉔咨:嗟叹。大块:大自然。气:精气,我国古代哲学概念,唯物主义者认为气是构成万物的本原。㉕斯:此。㉖禀:承受。藏照:怀揣光明,即聪明。㉗秉:持,凭。三五:指三正五行。三正指天地人的正道,五行即仁义礼智信等五常,语出《尚书·甘誓》。㉘"或击"句:指隐居。击壤是古代一种投掷游戏。《乐府诗集》有《击壤歌》,相传唐虞时百姓之老者击壤而唱此歌,此取其意。㉙苍生:指黎民,百姓。㉚靡:无。潜:潜藏,隐居。跃:显达,出仕。

世流浪而遂徂①,物群分以相形②。密网裁而鱼骇,宏罗制而鸟惊;彼达人之善觉③,乃逃禄而归耕④。山嶷嶷而怀影,川汪汪而藏声⑤;望轩唐而永叹⑥,甘贫贱以辞荣。淳源汩以长分⑦,美恶作以异途;原百行之攸贵⑧,莫为善之可娱。奉上天之成命⑨,师圣人之遗书;发忠孝于君亲,生信义于乡闾⑩,推诚心而获显⑪,不矫然而祈誉。嗟乎! 雷同毁异⑫,物恶其上⑬,妙算者谓迷,直道者云妄。 坦至公而无猜,卒蒙耻以受谤;虽怀琼而握兰⑭,徒芳洁而谁亮⑮。

【注释】

① 徂(cú):往。② 物:这里指人。③ 达人:通达有见识的人。④ 逃禄:逃避爵禄,指不出仕。⑤ "山嶷(yí)"二句:谓山高川广却不显露自己,表示肚量深沉,不见声色。既写景,又有比兴之意。嶷嶷:高峻貌。汪汪:水深广貌。⑥ 轩唐:轩辕黄帝和唐尧,泛指上古治世。永:长。⑦ 汩(gǔ):水流貌。⑧ 百行:种种行为。攸:所。⑨ 成命:既定的命令,指封建社会的伦理纲常。⑩ 乡闾:乡里。⑪ 推诚心:诚心相待。⑫ 雷同:雷发声则万物响应,喻人云亦云。⑬ 物:指人。恶(wù):憎恨。⑭ 琼(qióng):美玉,比喻贞洁。兰:兰草,比喻芳香。⑮ 亮:明白,了解。

哀哉! 士之不遇,已不在炎帝帝魁之世①。 独祗修以自勤②,岂三省之或废③;庶进德以及时④,时既至而不惠⑤。 无爰生之晤言,念张季之终蔽⑥;愍冯叟于郎署,赖魏守以纳计⑦。 虽仅然于必知⑧,亦苦心而旷岁⑨。 审夫市之无虎,眩三夫之献说⑩。 悼贾傅之秀朗⑪,纡远辔于促界⑫;悲董相之渊致⑬,屡乘危而幸济⑭。 感哲人之无偶⑮,泪淋浪以洒袂⑯。

【注释】

① 炎帝帝魁:炎帝即神农氏,帝魁为黄帝子孙,都是传说中的上古帝王。② 祗(zhī):敬。③ 三省:反省三件

事情（忠、信、勤学与否），这里指全面反省。语出《论语·学而》："吾日三省吾身。"④ 庶：希望。⑤ 不惠：不顺利。⑥ "无爰"二句：爰生指爰盎；张季指张释之，张释之字季，都是西汉人。《汉书·张释之传》载，释之作骑郎（管理宫廷马匹的小官），十年不得提升，经爰盎向汉文帝当面请求，才做了谒者仆射（为皇帝掌管传达的长官）。晤言：当面讲。⑦ "愍冯"二句：冯叟指冯唐，魏守指云中守魏尚，也都是西汉人。《汉书·冯唐传》载，汉文帝时，冯唐直到头发白了还只做郎中署长的小官。一次文帝过郎署，跟他谈起任用将帅的事，冯唐指出当时用人赏轻罚重，有良将也不能用，如原云中守魏尚抗击匈奴有功，只因报战功时小有差错，就被降职治罪。文帝采纳了他的意见，恢复了魏尚的原职，并提升冯唐做车骑都尉。愍（mǐn）：忧，悲。⑧ 仅然：几乎，近于。⑨ 旷：荒废，耽误。⑩ "审夫"二句：市上本来没有虎，但说有虎的人一多，人们就信以为真了。意谓人们常被谣言迷惑。《韩非子·内储说上》说：有一个人说市上有虎，人们不信；两个人说，也不信；第三个人再说，人们就相信了。审夫：确乎。眩：迷惑。⑪ 贾傅：指西汉贾谊。他曾做长沙王太傅（辅导太子的官）、梁怀王太傅，故称。秀朗：聪明有学问。⑫ 纡：曲。辔（pèi）：马缰绳，这里指马。促界：近境，在狭窄的范围内。⑬ 董相：指董仲舒。他曾做江都王相和胶西王相，故称。⑭ "屡乘"句：江都王和胶西王很都骄纵，董仲舒为人正派，屡次上疏谏诤，得到二王重用，后来他怕久后获罪，托病辞去。见《汉书·董仲舒传》。⑮ 哲人：才智过人的人。偶：双。⑯ 淋浪：泪流不止貌。

承前王之清诲,曰天道之无亲;澄得一以作鉴,恒辅善而佑仁①。夷投老以长饥②,回早夭而又贫③,伤请车以备椁④,悲茹薇而殒身⑤。虽好学与行义,何死生之苦辛,疑报德之若兹⑥,惧斯言之虚陈⑦。何旷世之无才⑧,罕无路之不涩⑨;伊古人之慷慨⑩!病奇名之不立⑪。广结发以从政⑫,不愧赏于万邑⑬,屈雄志于戚竖⑭,竟尺土之莫及!留诚信于身后,动众人之悲泣⑮。商尽规以拯弊,言始顺而患入⑯,奚良辰之易倾⑰,胡害胜其乃急⑱!

【注释】

①"承前"四句:《孔子家语·观周》载,孔子入太祖后稷的庙堂,见铜铸的人像背上刻的铭文中有"天道无亲,而能下人"。又《老子七十二章》、《史记·伯夷列传》均有"天道无亲,常与善人"。澄:清。一:指天道。《老子三十九章》有"天得一以清"。② 夷:指伯夷。投:至,到。③ 回:颜回,孔子的学生。④"伤请"句:颜回死后家里没有钱买棺材,他的父亲请求卖掉孔子的车子筹办。意思说虽然对老师不恭敬,却迫不得已。椁(guǒ),外棺,泛指棺。⑤"悲茹(rú)"句:指伯夷茹薇事。参见《拟古》选诗五"饥食"句注。茹:食。⑥ 若兹:像这样。⑦ 斯:此,指"天道无亲"等语。陈:陈述,说。⑧ 旷:空绝。⑨ 涩:阻滞,不通畅。⑩ 伊:语助词,无义。⑪ 病:患,厌恶。⑫ 广:指西汉名将李广。他从年轻时起,长期抗击匈奴,作战七十余次,功劳卓著,匈奴人畏称"飞将军"。本篇李广事均见《史记·李将军列传》。⑬"不愧"句:封万户侯也当之无愧。

万邑:拥有万户的食邑。⑭ 咸竖:外戚小人。指卫青。卫青是汉武帝卫皇后的弟弟。他嫉妒、排斥李广。一次李广于征战途中迷路,卫青乘机责罚他,李广悲愤自杀。⑮ "动众"句:史载百姓听到李广死讯,无不为之垂涕。⑯ "商尽"二句:商指西汉王商。汉成帝时他为左将军。他的奏议很受皇帝称赞,后来做丞相,也得到皇帝的信任。而大将军王凤嫉恨他,令人上书谗害。王商被免官,发病吐血而死。见《汉书·王商传》。尽规:尽力谋划。⑰ 良辰:指得意时的好日子。⑱ 害胜:谗害胜过自己者。其:竟。乃:如此。

苍昊遐缅①,人事无已,有感有昧②,畴测其理③?宁固穷以济意④,不委曲而累己⑤;既轩冕之非荣⑥,岂缊袍之为耻⑦? 诚谬会以取拙⑧,且欣然而归止;拥孤襟以毕岁⑨,谢良价于朝市⑩。

【注释】

① 昊(hào):天。② 感:感应。昧:无感应。③ 畴:谁。④ 济:成就。⑤ 累:拖累,害。⑥ 轩冕:指高官厚禄。轩是古代一种有围幔的车,冕是古代大夫以上的人戴的帽。⑦ 缊(yùn)袍:用乱麻絮作心子的袍,贫贱者所穿。⑧ 谬会:谬合,指出仕。⑨ 拥:抱。襟:襟怀,素志。毕岁:终岁,度过一生。⑩ 谢:辞绝。良价:好价钱,指高官厚禄。朝市:复词偏义,指朝廷。

【翻译】

昔日董仲舒写了一篇《士不遇赋》,司马迁也写了一篇《悲士不遇赋》。我曾经利用冬季、夜晚、阴雨天三种空闲的时间,在与朋友讲习学问的间隙,读了他们的这些文章,百感交集,心情极为惆怅。我想到,履行信义心怀忠孝,是人们良好的品质;胸怀淳朴专一守性,是君子恪守的素志。自以淳朴真诚的世风消逝,虚伪欺诈的恶习随即盛行,廉洁谦让的节操在民间日趋淡漠,投机钻营的邪心在官场日益纵恣。一些心怀正直、立志治世的人,不得不在年富力强的时候潜藏隐居;一些洁身自好、操行端正的人,也只好徒自劳苦虚度一生。所以伯夷、四皓有"无处可归"的悲叹,屈原发出"算了吧"的哀怨。可悲呀,人生百年,瞬息之间寿数已尽;建功立业何等艰难,到头来却得不到应有的报偿。这就是古人之所以愤慨不平,不断有人就士不遇于时这个意思提笔作赋,写个没完没了的缘故吧。能够抒发思想感情的大概只有文章吧?我抚着前人的这些文赋,反复思考深有感触,于是写下了这篇文章。

大自然的万物都受精气而生成,为什么惟独人是万物之灵!人有天赋的智慧和聪明,凭着三正五行而永世留名。有的人居处乡野闲散游戏自得其乐,有的人力求大有作为救助黎民;那时隐居和出仕无不合于本分,各自都傲然自足满意称心。

随着时代的脚步上古之世一去不返,人们遂分成群类对立纷争。尘世编织成绵密硕大的网罗,人们就像鱼和鸟那样受怕担惊;那些通达有见识的人很快醒悟,于是辞官弃禄而隐居躬耕。山高将自己的阴影纳入怀中藏敛,川广却不显露自己的声音;遥望上古的治世不禁长声叹息,宁可安于贫贱不图富贵尊荣。淳清的源头汩乱而分流,人类也渐兴起善恶而有不同的道路;推究种种可贵的行为,没有比行善使人更有乐趣。遵奉上天既定的命令,师法圣人留下的遗著,对君王尽忠,对父母尽孝,在乡里重情谊讲信义而言行相符。以诚心待人得到人们的推誉,绝不矫揉造作去祈求荣禄。可叹呀,世间人竟是附和同党而诋毁异己,别人胜过自己就心生嫉妒恶意中伤,把深谋远虑的人说成糊涂,把爱讲直话的人称作狂妄。襟怀坦白公正无私而真诚待人的人,反倒蒙受耻辱,遭到诽谤;虽然有着白玉兰草般的美德和才华,也徒然芳香高洁,没有人把他颂扬。

可悲呵,有德之士不被人赏识重用,是他们没有赶上炎帝、帝魁那样的时代。他们一心诚敬修养勤奋不息,每天全面检点自己岂敢稍有懈怠;希望德行增进赶上时机有所作为,到时候总不顺利而遇到重重障碍。如果没有爰盎向汉文帝进言,想张季必终身埋没而了无声息;可怜那冯唐熬到白头才由低微的郎官高升,幸亏一次偶然际遇文帝采纳了他求得良将的好计。张季、冯唐算有运气勉强称得上知遇,但是他们也愁苦多年空耗了许多时日。街市上确乎无虎,谣传的人一多,人们终于迷惑而不以为非。惜贾谊聪明博学而大材小用,就像撒开千里马却只准它在狭小的圈子里徘徊;叹董仲舒的学问渊博精深,也经历过多次危难而侥幸免祸消灾。想到那些举世无双的哲人个个遭遇不幸,我不禁眼泪涟涟,沾湿衣袂。承蒙前代帝王留下了明确的教诲,说天道无亲不徇私情,用同一个标准明察万事万物,总是辅助善行保祐仁人。可是伯夷到老而挨饿,颜回短命偏又家贫,颜回的父亲不得不请求卖掉孔子的车子买棺材,伯夷靠野菜度日终至送掉性命。他们一个勤奋好学,一个诚心行义,为什么生前死后都那么痛苦酸辛!天道给有德之士就是这样的酬报,恐怕"天道无亲"的说法不可信以为真。哪里是一代代没有怀才的能人,只因为条条道路无不阻塞难行;古人那样感慨悲愤,痛恶的正是不能树立建功立业的美名。李广从年轻时起从军守边,战功卓著,即使封他做万户侯也不足为奇,他空怀雄才大略却屈居于外戚小人之下,竟然没有得到一尺一寸的封地!他死后留下一片忠实诚信,只换得人们为他挥洒的悲泪几滴。王商呕心沥血拯救时弊,他的计划刚被采纳,祸患就接踵而至。为什么总是好景不长,为什么嫉贤害能者那样狠毒心急!

苍天是那么遥远,人间的事情变化不已,天人之间有感应或者没有感应,天道究竟有无偏私,谁能说清这个道理?我宁可固守贫穷而成全自己的心志,也不低声下气求得一官半职而害自己。既然不把高官厚禄看作荣耀,哪里会把穿旧衣破袍当成羞耻?果真误入仕途是出于下策,不如高高兴兴地辞官归里。怀抱自己平素的志向度过余年,绝不用高价把自己卖给朝市。

与子俨等疏

疏是一种训诫告谕类似书信的文体。这篇文章是陶渊明写给儿子们的一封遗书。从文中"吾年过五十","病患以来,渐就衰损,亲旧不遗,每以药石见救,自恐大分将有限也"等语可见,这篇文章为他晚年所作。作者在文中回顾了自己的生平和志趣,也表示为对儿子年纪尚小,家中生活艰难难以忘怀;谆谆告诫儿子们团结友爱,勉励他们向品德高尚的人学习。文章写得平易可亲,语气恳切,慈父之情,溢于言表。

告俨、俟、份、佚、佟①:天地赋命②,生必有死,自古圣贤,谁能独免? 子夏有言③:"死生有命,富贵在天④。"四友之人⑤,亲受音旨⑥。 发斯谈者⑦,将非穷达不可妄求⑧,寿夭永无外请故耶⑨!

【注释】

①"告俨"句:陶渊明有五个儿子,依长幼顺序为俨(yǎn)、俟(sì)、份(bīn)、佚(yì)、佟(tóng),小名分别是舒、宣、雍、端、通。见《陶渊明集》中的《责子》诗。 ②赋:

赋予。③ 子夏:姓卜名商,字子夏,春秋时卫国人,孔子的学生。④ "死生"二句:语出《论语·颜渊》。⑤ 四友:《孔丛子》载,孔子的学生颜回、子路、子贡、子张为孔子四友。这里也包括了和颜回等同样地位的子夏等一批学生。⑥ 音旨:言谈音旨。⑦ 发:发表。斯:此。⑧ 将非:岂不是。⑨ 外请:命定之外求得。

吾年过五十,少而穷苦,每以家弊①,东西游走②,性刚才拙③,与物多忤④。自量为己⑤,必贻俗患⑥,僶俛辞世⑦,使汝等幼而饥寒⑧,余尝感孺仲贤妻所言⑨,败絮自拥⑩,何惭儿子? 此既一事矣⑪。但恨邻靡二仲⑫,室无莱妇⑬,抱兹苦心⑭,良独内愧⑮。少学琴书,偶爱闲静,开卷有得,便欣然忘食。见树木交荫⑯,时鸟变声⑰,亦复欢然有喜。常言五六月中,北窗下卧,遇凉风暂至⑱,自谓是羲皇上人⑲,意浅识罕⑳,谓斯言可保㉑。日月遂往,机巧好疏㉒,缅求在昔㉓,眇然如何㉔!

【注释】

① 家弊:家境贫困。② 东西游走:四处奔走,指外出做官。③ 才拙(zhuō):指缺少逢迎取巧的本领。拙:笨。④ 物:指社会人事。忤(wǔ):违背,抵触。⑤ 量:思量。⑥ 贻:遗留。俗:世俗。⑦ 僶俛(mǐn miǎn):勉力,努力。辞世:指辞官归隐。世,指俗务,做官。⑧ 汝等:你们。⑨ "余尝"句:孺仲指东汉人王霸,孺仲是他的字。王霸气节高尚,多次拒绝朝廷的招聘。他和同郡令狐子伯是朋

友,后来子伯和他的儿子都做了官。一次令狐子伯叫他的儿子给王霸送一封信。王霸见友人的儿子衣冠整洁,举止文雅,而自己的儿子蓬发疏齿,不知礼节,对比之下,感到惭愧沮丧。他的妻子说:你早就立下了高洁的志向,不求名位利禄,子伯的富贵怎比得上你的清高?你怎么忘了自己的一贯志向而为儿女惭愧!王霸认为妻子的话很有道理,于是毫不动摇地和妻子一道隐居终生。见《后汉书·王霸传》《列女传》。⑩ 败絮:破棉袄。拥:缠裹。⑪ 一事:一样的事。⑫ 恨:遗憾。靡:无。二仲:指汉朝的两个隐士羊仲、求仲。参见《归去来兮辞》"三径"注。⑬ 室:妻。莱妇:老莱子的妻子。春秋时楚国的老莱子,在蒙山之南隐居躬耕。楚王用重礼请他出来做官。他的妻子竭力劝止,说在这乱世出来做官,受人制约,招来祸患。老莱子便与妻子隐居江南。⑭ 抱兹:怀此。⑮ 良:确,实在。⑯ 交荫:树木枝叶交错成荫。⑰ 时鸟:候鸟。⑱ 暂至:一阵阵到来。⑲ 羲皇:伏羲氏,我国传说中的上古帝王。上:以上。⑳ 意浅:想法单纯。罕:少。㉑ 斯言:指"常言"四句。保:维持。㉒ 机巧:逢迎取巧。好疏:很生疏。㉓ 缅:远。㉔ 眇然:渺茫貌。

病患以来,渐就衰损①,亲旧不遗②,每以药石见救③,自恐大分将有限也④。 汝辈稚小家贫,每役柴水之劳⑤,何时可免? 念之在心,若何可言⑥! 然汝等虽不同生⑦,当思四海皆兄弟之义⑧。 鲍叔、管仲,分财无猜⑨;归生、伍举,班荆道旧⑩;遂能以败为成⑪,因丧立功⑫。 他人尚尔⑬,况同父之人哉! 颍川韩元长⑭,汉末名士,身处卿佐,八十而终,兄弟同居,至于没齿⑮。 济北范稚春⑯,晋时操行人也,七世同财⑰,家人无怨色,《诗》曰:"高山仰止,景行行止⑱。"虽不能尔,至心尚之⑲。 汝其慎哉⑳,吾复何言!

【注释】

① 就:接近。衰损:衰老。② 遗:遗弃。③ 药石:泛指药物。石:砭石,即石针。见救:救我。④ 大分:寿命。⑤ 役:担当,被迫从事。⑥ 若何:怎么。⑦ 同生:同一个母亲所生。⑧ 四海皆兄弟:语出《论语·颜渊》。⑨ "鲍叔"二句:鲍叔,也称鲍叔牙;管仲,名夷吾,字仲,都是春秋时齐国人。他们两人是朋友,曾经一道经商,分钱时管仲拿得多,鲍叔知道管仲家里贫穷,不认为管仲贪财。见《史记·管晏列传》。⑩ "归生"二句:归生、伍举都是战国时楚人,他们是好朋友。伍举因罪逃往郑国,后又去晋国做官;在去晋国的路上与出使晋国的归生相遇,十分亲热。两人在地上铺荆草,席地而坐,诉说过去的情谊。归生回到楚国后对令尹子木说,楚国人才为晋国所用,对楚国不利。楚国于是召回伍举。见《左传·襄公二十六年》。⑪ 以败为成:起初,管仲辅佐公子纠,鲍叔辅佐公子小白,争夺君位。后来小白打败公子纠,即位为齐桓公。公子纠被杀,管仲被囚。鲍叔向齐桓公极力举荐管仲。管仲被起用为相,辅佐齐桓公成就了霸业。见《史记·管晏列传》。⑫ 因丧立功:伍举回到楚国后,协助公子围继承了王位,这就是楚灵王。见《左传·昭公元年》。丧:逃亡。⑬ 他人:指鲍叔和管仲、归生和伍举。尔:如此。⑭ 颍川:郡

名,今河南禹县。韩元长:名融,字元长,东汉人。他年青时善于辨析事理,名气很大,受到太傅、太尉、司徒、司空、大将军等五府的同时征召,汉献帝时,官至太仆(掌舆马及畜牧政事),为九卿(秦汉时中央的九个行政机关的长官)之一。见《汉书·韩韶传》。⑮ 没齿:没世,终身。⑯ 济北:古地名。今山东长清。范(fàn)稚春:名毓,字稚春,西晋人。《晋书·儒林传》载,他世代书香,九族和睦,客居青州(今山东益都),到范毓时已经七代。当时的人们称赞他家:儿女没有固定的父亲,衣服没有固定的主人。⑰ 同财:没有分家,共同使用财产。⑱ "高山"二句:意思是说对古人崇高的道德则敬仰,对古人的高尚行为则效法和遵行。语出《诗经·小雅·车辖》。高山:比喻崇高的道德。止:句末语气词,无义。景行:大道。比喻光明磊落的品质。后一"行"是动词,走,行进。⑲ 至心:至诚之心。尚:崇尚。⑳ 其:语气词,含有该、可的意思。

【翻译】

告诫俨、俟、份、佚、佟诸子:大自然把生命赋予了人类,人生在世,必然有死的一天。从古到今,即便是圣贤,谁又能逃脱得了!子夏曾经说过:"死生听从命运,富贵由天安排。"孔子的学生们是亲自听到了孔子的教诲的。子夏发表这种议论,岂不是说明了贫穷和显达不可非分地追求,长寿和短命早就命中注定,也永远不能作分外之想吗?

现在我已经年过五十了,从年幼时起,我的生活就很困苦,常常因为家里贫穷,为谋生计不得不四处奔走。我生性刚直,不会阿谀奉承、投机取巧那一套,与社会上的人情世故格格不入。我考虑长期这样下去,势必会给自己招来祸患。于是我竭力摆脱了俗务,也使你们因此而从小受冻挨饿。我十分感慨王霸贤妻的话:自己崇尚高洁,既是破衣烂衫,又怎能为儿子的不如别人而感到惭愧呢?这个道理是一样的。我只遗憾没有求仲、羊仲那样的邻居,没有像老莱子妻那样的伴侣。怀着这般心思,实在暗自愧疚不安。我小时候只知道学习弹琴和读书,喜欢闲静,翻开书本,有了一点心得体会,就高兴得忘记吃饭。看到树木枝叶浓密交错成荫,听见候鸟不同的鸣声,就喜上眉梢。我常说,五六月间,在北边的窗子下面躺着,凉风一阵阵拂过,觉得自己简直是远古时代的人。我当时头脑简单,见识也少,以为这样的生活可以永久保持下去。光阴荏苒,年复一年,我对于逢迎取巧那一套仍然十分生疏,我恢复往日那种生活的愿望,又是多么渺茫。

自染病以来,我渐渐地走向衰老,虽然亲戚朋友不嫌弃,经常拿一些药物来医治,但是我预感到自己的寿命不会很长了。你们出生在我这贫寒的家庭,小小的年纪就要挑水、打柴,为家计操劳,也不知道什么时候才能摆脱,这些牵挂着我的心,又如何能说个明白!你们弟兄几人虽然不是一母所生,但应牢记普天下的人都是兄弟的道理。鲍叔和管仲一起做生意,分钱财时不猜忌;归生和伍举是老朋友,分别多年,在路上偶然相遇仍十分亲热,铺些荆草就地而坐,畅叙旧谊。后来管仲得到鲍叔的帮助,变失败为成功;伍举畏罪出逃,归生帮助他回到楚国,建立了功勋。他们并非亲生兄弟尚且能够这样,何况你们是同一父亲的儿子呢!颍川地方有位叫韩元长的,是汉朝末年的名士,他做了九卿地位的大官,享年八十岁;他始终和兄弟们住在一起,直至去世。济北地方有位叫范稚春的,是晋代品行高尚的人,他家的财产七代人共同使用,合家人没有不满意的。《诗经》上说:"高山仰止,景行行止。"我们虽然不能达到古人那样崇高的道德境界,但应竭诚尽力地向他们学习。你们可千万要审慎对待啊,我再没有什么要说的了。

自 祭 文

这是陶渊明为自己写的祭文。文中说"岁惟丁卯,律中无射",指宋文帝元嘉四年(427)九月,就是说它与《挽歌诗》同时,都是在作者去世前两个月写的。这是陶渊明留下的最后一篇文章。作者在文中回顾了自己坎坷的一生,清贫的家境,辛勤的耕耘,过着与琴书为伴、以山泉为友的闲适的田园生活。他一生耿介不阿、光明磊落,没有丝毫可愧悔,对艰难的时世没有半点牵挂和留恋。他为自己固穷守拙而骄傲,为能乐天知命、顺应自然而欣慰。在面临死亡的前夕,文章如一脉悠悠清泉,写来朴素自然。

岁惟丁卯①,律中无射②。天寒夜长,风气萧索,鸿雁于征③,草木黄落。陶子将辞逆旅之馆④,永归于本宅⑤。故人凄其相悲⑥,同祖行于今夕⑦。羞以嘉蔬⑧,荐以清酌⑨,候颜已冥⑩,聆音愈漠⑪。呜呼哀哉⑫!

【注释】

① 惟:是。② 中(zhòng):应。无射(yì):古代十二乐

律之一,古人把标志音高的十二律和十二个月份相配,用十二律的名称代表月份。无射指农历九月。③ 于:语助词。征:行,这里指飞过。④ 陶子:作者自谓。逆旅之馆:迎宾的客舍,这里指人生,意谓人生如寄。逆,迎。⑤ 本宅:犹老家,指坟墓。⑥ 凄其:凄伤地,形容悲伤的程度。其:相当于"地"。⑦ 祖行:古时人死后出殡前夕祭奠亡灵,也叫祖奠。⑧ 羞:同"馐",膳食。这里指供祭。⑨ 荐:陈献。⑩ 候:望,看。冥:昏暗。⑪ 聆(líng):听。漠:通"寞",寂静无声。⑫ 呜呼哀哉:祭文常用语,表示哀痛。

茫茫大块①,悠悠高旻②,是生万物③,余得为人。自余为人,逢运之贫;箪瓢屡罄④,绨绤冬陈⑤。含欢谷汲⑥,行歌负薪,翳翳柴门⑦,事我宵晨⑧。春秋代谢,有务中园⑨,载耘载耔⑩,乃育乃繁。欣以素牍⑪,和以七弦⑫,冬曝其日⑬,夏濯其泉。勤靡余劳,心有常闲。乐天委分⑭,以至百年⑮。

【注释】

① 大块:这里与"高旻"相应,指大地。② 高旻(mín):高天。③ 是:此,指天地,大自然。④ "箪瓢"句:参见《五柳先生传》注。罄:即空。⑤ 绨绤(chī xì):夏天穿的布衣。绨是细葛布,绤是粗葛布。陈:设,这里指穿。⑥ 谷汲:从谷涧中取水,意谓艰辛。⑦ 翳翳(yì):昏暗貌。柴门:荆柴做的门,指屋舍简陋。⑧ "事我"句:意谓料理日常生活。事:做。宵晨:早晚。⑨ 务:指农活。中园:园中,此指田地和园圃。⑩ 耘(yún):除草。耔(zǐ):在苗根培土。

⑪ 素牍(dú)：指书籍。⑫ 七弦：七弦琴，泛指琴瑟。⑬ 曝(pù)：晒。⑭ 委分(fèn)：犹言安分。分，本分，天分。⑮ 百年：一生。

惟此百年①，夫人爱之②，惧彼无成，愒日惜时③。存为世珍，没亦见思④。嗟我独迈⑤，曾是异兹⑥。宠非己荣，涅岂吾缁⑦？捽兀穷庐⑧，酣饮赋诗。识运知命⑨，畴能罔眷⑩？余今斯化⑪，可以无恨。寿涉百龄⑫，身慕肥遁⑬，从老得终，奚所复恋⑭！

【注释】

① 惟：思。② 夫人：犹人人。③ 愒(kài)：贪恋。④ 没：死。见：被。⑤ 嗟：慨叹声。迈：行。⑥ 曾：已经。兹：此。⑦ 涅岂吾缁(zī)：即涅岂缁吾。涅，黑色染料。缁，黑色。这里用作动词，变黑。⑧ 捽兀(zuó wù)：挺拔耸立貌。捽，拔；兀，高。此谓意气傲然。⑨ 知命：指五十岁。语出《论语·为政》："五十而知天命。"⑩ 畴：谁。罔：无。眷：留恋。⑪ 化：化去，死去。⑫ 涉：走向。百龄：百岁，这里指年老。⑬ 肥遁：高隐。《周易·遁卦》说："上九，肥遁，无不利。"后来称隐居为肥遁。⑭ 奚：何。

寒暑逾迈，亡既异存①，外姻晨来②，良友宵奔，葬之中野③，以安其魂。窅窅我行④，萧萧墓门⑤，奢耻宋臣，俭笑王孙⑥。廓兮已灭，慨焉已遐，不封不树⑦，日月遂过。匪贵前誉⑧，孰重后歌⑨？人生实难，死如之何⑩。呜呼哀哉！

【注释】

①"亡既"句：意谓死亡是人生的一件大事。② 外姻：女系的亲属，这里泛指亲戚。③ 之：指死者，谓作者本人。中野：野外。④ 窅窅（yǎo）：茫远貌。⑤ 萧萧：风声。⑥ "奢耻"二句：是说自己的墓葬既不铺张，又不过分草率。宋臣：指春秋时宋国的桓魋（tuí）。《孔子家语·曲礼子贡问》载，桓魋给自己造石椁，三年不成，工匠皆病，孔子叹其太奢侈了。王孙：指西汉的杨王孙。《汉书·杨王孙传》载，杨王孙临死时嘱咐子女用布袋把自己的尸体装着，一埋了事。⑦ "不封"句：不垒高坟，坟旁不种树，是古时老百姓安葬的规格。陶渊明曾出仕，表明自视为老百姓。⑧ 匪：同"非"。前：指生前。⑨ 孰：谁。后：指死后。⑩ 如之何：怎样。

【翻译】

现在是丁卯年九月，天气寒冷秋夜漫长，到处显现出萧索景象，南飞的大雁从天空中匆匆掠过，草木已凋落枯黄。我将要辞别这临时寄居的人世，永远回老家在地下长眠。家属和亲友们万分悲恸，将一道在今晚把我的亡灵祭奠。他们用新鲜的果蔬作精美的供食，把清淡的水酒在灵前陈献。看人们的脸色已经模糊，听人们的话音愈加疏远。啊，悲痛啊！

广阔无垠的大地，至高辽远的上天，你们造就了万物，我得以托生人间。自从我来到人间，恰逢家道贫寒；饭篮和水瓢常常空着，严寒的冬季只得穿夏日的薄衫。在山涧中取水我乐而无怨,背着砍来的柴草边走还边唱歌;在昏暗简陋的草屋安身,日夜操劳,日子倒也过得舒坦。从春到秋,田园里总有活干,我又锄草又培土,作物不断滋生繁衍。我以诗书为友,以琴瑟作伴,冬天晒晒太阳,夏天洗濯于清泉。我辛勤劳作没有其他杂念,心境自然平静安闲。我顺从天命、安守本分,终于得以安享天年。

想这人的一生,人们都爱它,害怕他无所成就,对每日每时都十分顾惜贪恋。他们活着要尊荣宠贵让人称美,死了也想留名后世被人思念。惟独我一意孤行,从来不同他们一般。我不把受人尊宠当作自己的荣耀,世俗的黑染缸哪能把我的本色改变!住着草屋我意气傲然,痛痛快快地喝酒吟诵诗篇。如果五十岁就遽然谢世,对人世谁能没有依恋?如今我就这么离去,没有什么遗恨留在人间。我已到迟暮之年,一生追求隐居的心愿已经实现。由老年而自然死去,有什么可值得眷恋!

寒暑交替时光流逝,死既不同于生,亲戚赶早来奔丧,老友连夜前来吊唁,把我安葬在旷野之中,让我的魂魄得以安然。我已远远地离开住地,墓门前阴风惨惨;我耻于桓魋的奢靡厚葬,笑那杨王孙殓葬过于节俭。空虚啊!万事俱灭;可叹啊,我已去远。我不堆土起高坟,不在墓地植树,听任我的坟墓随着岁月逝去。我不希罕生前显名,哪还计较死后的赞誉?人的一生实在艰难,死又能把我怎么样?啊,悲痛啊!

编 后 记

2011年我社出版了"古代文史名著选译丛书（134种）"，该丛书是由全国高校古籍整理委员会主持，汇集北京大学、复旦大学等十八所高校古籍所专家学者力量完成的一部高水平、高质量的传统文化普及读物。出版后也得到了读者认可，获得业内好评。

该丛书于2016年入选国家新闻出版广电总局评选的"首届向全国推荐中华优秀传统文化普及图书"名单。为了更好地传播优秀传统文化，我们从中精选了30种文史经典，重新修订、设计，作为珍藏版呈现给读者。

中华优秀传统文化不仅是中华民族的宝贵财富，也是中华民族的精神家园。凤凰出版社谨向为本丛书的编辑出版付出巨大心血的专家学者致以崇高敬意！

丛书顾问：周林　邓广铭　白寿彝

丛书主编：章培恒　安平秋　马樟根

编委（均按姓氏笔画排列）：马樟根　平慧善　安平秋　刘烈茂　许嘉璐　李国祥　金开诚　周勋初　宗福邦　段文桂　董治安　倪其心　黄永年　章培恒　曾枣庄（以上为常务编委）
王达津　吕绍纲　刘仁清　刘乾先　李运益　杨金鼎　曹亦冰　常绍温　裴汝诚（以上为编委）

古代文史名著选译丛书（珍藏版）书目

书名	译注者	审阅者
论语注译	孙钦善	宗福邦
老子注译	张玉春　金国泰	安平秋
庄子选译	马美信	章培恒
孟子选译	刘聿鑫　刘晓东	黄葵
荀子选译	雪克　王云路	董治安　许嘉璐
诗经选译	程俊英　蒋见元	刘仁清
楚辞选译	徐建华　金舒年	金开诚
左传选译	陈世铙	董治安
史记选译	李国祥　李长弓　张三夕	安平秋
汉书选译	张世俊　任巧珍	李国祥
后汉书选译	李国祥　杨昶　彭益林	许嘉璐
三国志选译	刘琳	黄葵
资治通鉴选译	李庆	黄永年
文心雕龙选译	周振甫	黄永年
世说新语选译	柳士镇　钱南秀	周勋初
颜氏家训选译	黄永年	许嘉璐
陶渊明诗文选译	谢先俊　王勋敏	平慧善
李白诗选译	詹锳等	章培恒
杜甫诗选译	倪其心　吴鸥	黄永年
李商隐诗选译	陈永正	倪其心
王维诗选译	邓安生　刘畅　杨永明	倪其心
苏轼诗文选译	曾枣庄　曾弢	章培恒
李清照诗文词选译	平慧善	马樟根
辛弃疾词选译	杨忠	刘烈茂
王阳明诗文选译	吴格	章培恒
唐才子传选译	张萍　陆三强	黄永年
徐霞客游记选译	周晓薇　马雪芹　焦杰	黄永年　马樟根
阅微草堂笔记选译	黄国声	安平秋
西厢记选译	王立言	董治安
聊斋志异选译	刘烈茂　欧阳世昌	章培恒